서울의 생태

서울의 생태

한국생태학회 글 | 김재일 사진

당대

서울의 생태

글/한국생태학회
사진/김재일
펴낸이/박미옥
펴낸곳/도서출판 당대

제1판 제1쇄 인쇄 2002년 12월 3일
제1판 제1쇄 발행 2002년 12월 10일

등록/1995년 4월 21일(제10 – 1149호)
주소/서울시 마포구 연남동 509 – 2, 3층 (121 – 240)
전화/323 – 1316 팩스/323 – 1317
e-mail/dangbi@chollian.net

ISBN 89-8163-090-9

머리말

　서울은 600년이 넘는 유구한 역사를 지녔고 인구가 많기로 세계적으로 손꼽히는 거대한 도시이지만, 천혜의 자연자원 또한 풍부하다. 돌이켜보면, 오늘날 우리가 살고 있는 공간 모두가 자연환경이었던 적이 있고, 불과 몇십 년 전만 해도 이 세계적인 도시, 서울은 전원도시의 모습을 간직하고 있었다.

　인간을 포함하여 만물이 자신이 놓여 있는 환경과 어울려 사는 모습을 '생태'라고 한다. 그리고 생태의 개념과 이론은, 예나 지금이나 우리가 살고 있는 환경을 지배하는 원리로 통하고 있다. 오랜 옛날 인간과 자연의 관계는 자연이 우월한 위치에 있는 상태를 유지하다가, 서로 동등한 관계의 시대를 거쳐서, 지금은 오히려 인간이 우위에 있는 시대로 달려가고 있다.

　부담이 될 정도로 인간이 자연에게 지배되어 있던 시절에는 자연환경을 개조하여 인간환경을 만들어내는 것이 환경개선의 방법이었듯이, 이 관계가 뒤바뀌어 갖가지 환경문제가 생겨나고 있는 오늘에 와서는 부족한 자연의 보완이 환경개선의 중요한 수단이 될 수 있다.

　올바른 개선을 추구하여 자연환경과 인간환경의 조화를 이루고 건전한 환경을 되찾기 위해서는, 우리 스스로 복잡하고도 다양하게 연결되어 있는 자연의 체계를 읽어내고 해석할 수 있어야 한다. 또한 이것은 오늘날 가장 기본적인 환경교육, 진보한 환경교육의 모범으로 알려져 있다.

　하지만 적어도 지금까지 우리는 자연의 체계를 읽고 해석하는 데 적극적으로 참여하지 않았다. 그런 사이에 우리의 생존환경이자 인류의 미래환경인 자연환경은 어느덧 제 모습을 잃어가고 있다.

자연의 온전한 모습이 지금보다 더 허물어지기 전에, 더 많은 사람들에게 자연을 보고 느끼게 해주고 싶은 것이 글쓴이들의 한결같은 마음이다. 더불어 보고 느낀 것을 바탕으로 해서 자연 그대로의 모습을 보존하고 되찾는 데 적극적으로 참여하기를 기대하는 마음 또한 간절하다.

여기 그 시작으로 서울시민들이 우리의 환경을 함께 읽고 느낄 수 있는 안내서 하나를 내놓는다. 그러나 한정된 지면과 시간, 그리고 이제 걸음마 단계인 우리의 실제 환경에 대한 인식수준 등으로, 그저 출발점만을 제공한다. 물론 이 같은 걸음마가 여기서 멈추지는 않을 것이다. 우리의 산과 강이 시민들에게 더욱 가까운 친구가 되는 그날까지, 자연을 읽고 느낄 수 있는 더 질 높은 안내서를 계속 만들어낼 것을 약속드린다.

끝으로, 전문가들의 테두리 안에 갇혀 있던 원고를 일반인을 위한 책으로 선보일 수 있게 협조해 준 서울시 관계자 여러분께 깊은 감사의 말을 전한다. 자연과학도의 멋없는 글들을 쉽고 부드러운 문체로 다듬어준 당대출판사의 박미옥 사장과 김천희 편집부장을 비롯하여, 쾌히 사진을 제공해 준 두레생태기행의 김재일 회장과 문화일보의 김연수 사진부장, 신창섭 기자 그리고 서울시사편찬위원회에도 감사드린다. 지도작업을 비롯하여 자료정리에 애써준 서울여자대학교 환경생태학 연구실의 문정숙, 이안나양과 경희대학교 지리학과의 신우람군에게도 감사의 뜻을 전한다. 또 한국생태학회를 대신하여 이 글을 쓸 수 있도록 배려해 주고 늘 격려를 아끼지 않는 한국생태학회회장 길봉섭 교수께도 진심으로 감사드린다.

한국생태학회를 대신하여 이 글을 쓴 이창석, 이우신, 조현제, 임신재

| 차례 |

서울의 생태개관

북한산에서 바라본 서울

'생태'란 무엇일까? 말 그대로 해석하면 생명체가 살아가는 모습이다. 그러면 생명체는 어떻게 살아갈까? 생명체가 살아가기 위해서는 생존을 위한 공간이 필요하며, 그것이 갖추어지면 살기에 적합한 조건이 필요하다.

　즉 기후가 적당해야 하고, 살기에 적합한 토양이 갖추어져야 하며, 햇빛과 물 또한 적당히 공급되어야 한다. 그리고 서로 주고받는 관계의 각종 생물이 함께 어우러질 때 더 나은 조건이 형성된다.

　이런 조건과 관계가 갖추어진 실체를 '생태계'라 하며, 생태계 구성원들 간의 상호관계를 통해서 삶을 이어가는 모습을 생태라고 한다.

　그러면 '서울'이라는 생태적 공간에는 어떤 생태적 구성원이 살고 있고, 또 그들은 어떤 관계를 맺으며 살아가는지 살펴보기로 하자.

서울의 기후

　기후는 생물의 분포와 생육에 많은 영향을 미치는 자연생태계의 주요 환경인자이다.

　중위도의 편서풍대인 서울지역의 기후는 계절풍의 영향을 받아 여름에는 무척 덥고 비가 많이 내리며, 겨울에는 춥고 건조한 날씨가 계속되는 대륙성기후에 속한다. 그러나 주변이 산지로 둘러싸인 분지인데다 근래에는 도시화로 인한 열섬효과 때문에 도시기후 현상도 관측되고 있다.

　연평균 기온은 11.5℃이고 연평균 강수량은 1307mm인데, 전체 강수량의 70% 이상이 6~9월에 집중된다.

　그리고 도시화 이전인 1931~60년의 평균기온(11.1℃)과 도시화 이후인 1961~90년의 평균기온(11.8℃)이 차이나고, 도심지역과 외곽지역의 기온차이(약 5℃)가 크다는 점이 서울기후의 특색이라 할 수 있다.

서울의 열섬현상을 보여주는 지도(「지도로 본 서울」에서 재작성)

서울의 토양

토양의 물리·화학적 성질은 모암의 영향을 크게 받으며, 식생은 모암에서 풍화된 모재료의 영향을 받아 성립된다.

서울지역의 모암은 대부분 화강암이며, 청계산과 대모산 등 몇몇 지역의 모암은 경기편마암복합체이다. 그리고 하천 주변은 충적토로 형성된다.

화강암은 주로 석영, 장석, 사장석 같은 광물로 구성되어 있으며, 색깔은 우윳빛이나 연붉은 색이다. 유색광물로는 흑운모가 가장 많으며, 그 밖의 유색광물도 아주 적은 양이 들어 있다.

화강암이 풍화된 퇴적물은 대개 입자가 굵으며, 또 부분적으로 주로 산성물질인 암맥류도 분포한다.

편마암은 조립질인 두 종류 이상의 광물이 불완전하고 불규칙한 층을 이룬 변성암으로, 유색광물과 무색광물이 각각 집적된 흑백의 편마상 구조가 명료하다. 편마암에는 화성암에서 유래된 것과 퇴적암에서 변성된 것이 있으며, 장석이 가장 많이 함유되어 있고 그 밖에 석영, 운모, 각섬석, 휘석, 석류석이 들어 있다.

충적토는 무대토양에 속하는 대토양군의 하나로, 최근에 퇴적된 충적모재로부터 발달한 토양을 말한다.

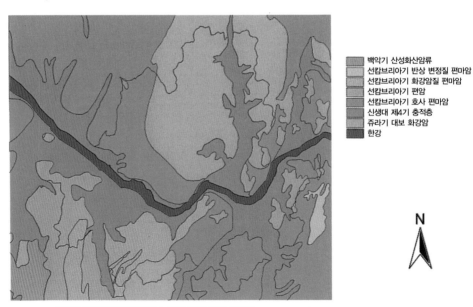

백악기 산성화산암류
선캄브리아기 반상 변정질 편마암
선캄브리아기 화강암질 편마암
선캄브리아기 편암
선캄브리아기 호상 편마암
신생대 제4기 충적층
쥬라기 대보 화강암
한강

N

서울의 지질도(동력자원연구소 발행 지질도에서 재작성)

서울의 지형

서울의 지형은 크게 1394년 천도 당시의 한양과 오늘의 서울지역으로 나눌 수 있다.

한양의 지형은 북쪽의 북악산, 동쪽의 낙산, 남쪽의 남산, 서쪽의 인왕산 등 이른바 내사산으로 둘러싸인 분지를 한강이 동남쪽으로 감싸 안으며 지나가는 형상이었다.

오늘의 서울은 천도 당시의 성곽 바깥쪽에 있는 산들로서 도성을 튼튼하게 지켜주었던 북쪽의 북한산, 서쪽의 덕양산, 남쪽의 관악산, 동쪽의 용마산 등 이른바 외사산으로 둘러싸이고 그 중앙을 한강이 동서로 가로지른다.

서울의 주요 산과 강 위치도

서울의 경관

경관(landscape)은 여러 생태계가 조합된 하나의 복합생태계이다. 하지만 우리나라에서는 이 개념이 부분적으로만 소개되어, 경치나 풍경 정도로 인식하고 있는 형편이다.

여기서는 경관의 본래 의미를 살려, 복합생태계의 구성원인 경관요소(landscape element)의 조성과 특징을 알아보기로 하겠다. 항공사진과 위성사진을 분석하고 현지 확인작업을 거쳐 완성된 서울의 경관생태지도를 보면 도움이 될 것이다.

중앙의 넓은 부분은 주거지, 각종 공공시설, 상업시설, 공업시설 등으로 이루어진 도시화지역이고 그 중심을 한강이 가로지른다. 흔히 서울의 젖줄이라 일컫는 한강은 탄천, 중랑천, 안양천, 홍제천, 불광천을 지천으로 거느리고 있다.

분지로 이루어진 이 중앙부를 벗어나 가장자리로 발길을 옮기면, 경작지가 드문드문 보이고 이어 삼림이 나타난다.

삼림은 다시 몇 개 요소로 나뉘는데, 산자락은 주로 인공조림지이고 그 위쪽으로 가면서 자연림이 나온다.

인공조림지는 북미에서 도입된 아까시나무숲이 주류를 이루고, 은백양나무와 수원사시나무가 자연 교잡된 은사시나무를 비롯하여 북미산 리기다소나무가 조림된 곳이 간혹 보인다. 이에 비해 자연림은 훨씬 다채롭다.

그리 넓지는 않지만 평지 가까이 산지계곡에는 오리나무숲이 있고(헌인릉, 삼육대학 캠퍼스, 선릉 등) 계류변에는 느티나무숲(수락산, 북한산 등)이 있다. 또 계곡을 중심으로 서어나무숲(삼육대학)과 졸참나무숲(북한산)이 있고, 매우 드물지만 갈참나무숲(비원·청계산·불암산)도 나타난다.

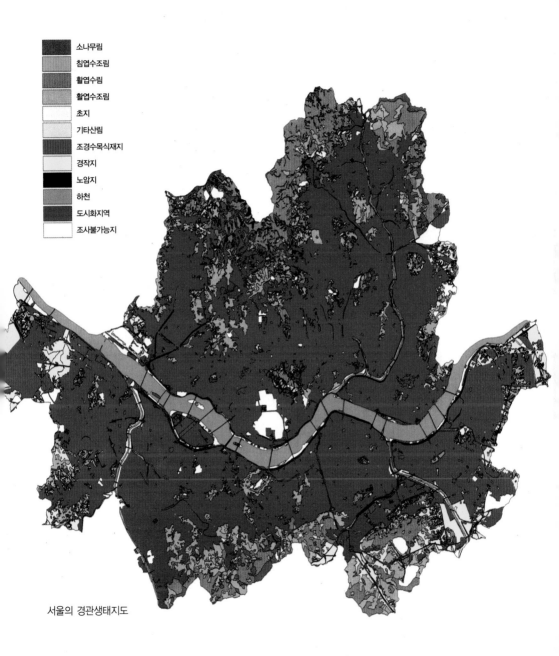

소나무림
침엽수조림
활엽수림
활엽수조림
초지
기타산림
조경수목식재지
경작지
노암지
하천
도시화지역
조사불가능지

서울의 경관생태지도

주로 인공조림지인 산자락에 우리나라 마을 주변에 전형적으로 성립되는 상수리나무숲도 보이고, 좀더 올라가면 우리나라에서 가장 넓은 숲의 하나인 신갈나무숲이 나타난다. 소나무숲은 산자락에도 보이지만 능선이나 꼭대기로 갈수록 더 눈에 띈다.

도시화지역은 중앙부에 각종 공공·상업 시설이 있고 주변으로 주거지가 분포하는 형상이다. 이러한 지역은 대부분 고밀도로 개발되어 녹지가 크게 부족하다. 도시화지역 사이로 남산, 안산, 인왕산 등 자연림을 보유한 산들이 있지만, 과도한 인간간섭과 만성적인 대기오염 때문에 생태적 기능은 크게 위축되었다. 이보다 규모가 작은 산으로 봉화산, 청량산, 초안산, 영축산, 배봉산, 까치산, 서리풀공원 등이 있으며, 대부분이 인공조림지로 덮여 있다.

이처럼 양적·질적으로 부족한 녹지를 개선하기 위해 서울시에서는 근린공원 조성이라든가 최근에는 천만그루 나무심기, 학교숲 가꾸기 등의 사업을 적극적으로 추진하고 있다. 그러나 이런 인공녹지는 생태적인 고려가 거의 뒷받침되지 않아, 당장은 푸르름을 유지하겠지만 생태적 기능을 기대하기 어려운 형편이다.

서울에서도 강서구, 서초구, 강남구, 송파구, 강동구는 비교적 넓은 경작지가 있으나, 그외에는 대개 주거지와 산지 사이의 소규모 채소밭 수준이다. 그렇지만 이런 채소밭이 띠 모양으로 이어져 있어 세계적인 대도시 서울의 경관에서는 결코 빼놓을 수 없는 중요한 요소이거니와 농경문화의 일면을 보여준다는 점에서 주목된다.

산자락에 자리잡고 있는 조림지는 인간의 간섭정도에 따라 차이를 보인다. 그래서 이는 우리가 조림지를 어떻게 관리해야 하는가를 알려주는 해

천이

화산폭발, 산사태, 산불 등이 발생하여 맨땅이 드러나면 이런 장소는 계속 그 상태로 남아 있지 않고 주변의 식물들이 침입해서 차지해 버린다. 이렇게 정착한 식물들은 그곳에서 살면서 환경을 바꾸며, 또 바뀐 환경에는 맨땅처럼 열악한 조건에서는 살지 못하던 식물들까지 침입하여 종류가 늘어난다. 늦게 침입한 종들은 맨땅의 열악한 조건에서는 살 수 없지만 안정된 조건에서는 경쟁력을 발휘하여 먼저 정착한 종들을 몰아낸다. 이들도 살면서 환경을 변화시켜 다른 종들이 침입할 여건을 만들어주고 그들이 들어오면 경쟁에서 밀려난다.

이와 같은 과정을 통해 종과 환경이 바뀌어가는 것을 천이라고 한다.

천이는 무한히 계속되지 않고 기후, 토양 등 지역이나 장소의 환경과 조화를 이루는 종이 성립하면 그 상태나 그 이전단계를 오가며 동적인 변동을 반복한다. 이런 변동의 단계를 과거에는 극상단계로 불렀지만 최근에는 천이 후기 단계라 부른다.

천이 초기부터 후기까지의 전과정을 천이계열이라고 하는데, 천이계열은 변화된 환경에 대한 반응이 빠른 식물로 시작해서 점차 수명이 길고 경쟁력이 뛰어난 식물로 바뀌어간다. 그 결과 출현하는 식생은 풀밭→작은키나무 숲→햇빛이 부족한 곳에서 살 수 없는 큰키나무 숲→햇빛이 부족한 곳에서도 살 수 있는 큰키나무 숲의 순서이다.

천이는 화산폭발지역, 산사태지역처럼 이전의 식물이 전혀 없는 곳에서 진행되는 1차천이와 산불지역, 폐경지 등과 같이 이전에 살고 있던 식물이 어떤 원인으로 사라진 곳에서 진행되는 2차천이로 구분된다. 2차천이는 1차천이보다 훨씬 빠르게 진행된다. 또 화산폭발·산사태 지역처럼 건조한 조건에서 적당히 습한 조건으로 진행되는 건성천이와 호수·하천처럼 매우 습한 조건에서 적당히 습한 조건으로 진행되는 습성천이로 구분하기도 한다.

답이라 할 수 있다.

예컨대 인간의 직접적인 간섭이 덜한 외곽 그린벨트 지역의 조림지는 현재 참나무류가 주류를 이룬 우리나라 고유의 숲으로 천이중이다. 그러나 인간의 간섭이 심한 남산이나 인왕산의 조림지는 조림수종이 싹을 틔워 계속 살아남을 것 같으며, 게다가 서양등골나물, 미국자리공, 가중나무 같은 외래종까지 침입하여 고유종이 자리잡을 기회를 앗아가고 있다. 인간의 과도한 보살핌이 오히려 자연의 흐름을 거스르고 있는 셈이다.

자연림 가운데 저지대에 형성되는 오리나무숲, 느티나무숲, 서어나무숲, 갈참나무숲은 대부분 생태적인 터전을 우리 인간에게 빼앗겨 극히 일부 장소에서 명맥을 유지하고 있다. 따라서 기존의 도시화지역 중 특별한 용도가 없는 자투리땅이나 녹지조성으로 확보된 땅을 이런 숲들로 가꾸면, 생태적 기능이 제대로 발휘될 수 있을 것이다.

생물은 환경요인에 대해 최적범위와 내성범위를 가지는데, 어떤 생물종의 서식처가 최적범위를 벗어나면 제대로 자라지 못하고 또 내성범위를 벗어나면 살아나갈 수가 없다.

녹지가 크게 부족하고 환경오염이 심한 도시지역은 환경정화 기능 등 녹지의 다양한 생태적 기능이 필요한데, 이런 생태적 기능은 녹지의 구성종이 최적범위에 조성될 때 최대로 발휘되고 그것을 벗어날수록 감소한다. 내성범위를 벗어난 곳에 조성된 녹지는 당연히 정착할 수 없다.

그러나 요즈음의 도시공원이나 인공녹지는 이런 생태적 원리를 전혀 고려하지 않고 조성되고 있다. 이런 녹지에서 흔히 발견되는 예로는 다음 두 가지가 있다. 하나는 스트로브잣나무, 메타세쿼이아, 중국단풍, 계수나무, 미국참나무 같은 외래종을 무분별하게 도입한 것이며, 또 하나는 식물의 지리적·지형적 분포가 무시된 채 구상나무나 주목, 전나무, 소나무 등을 심은 것이다.

그러면 그 결과는 어떻게 될까?

우선, 녹지의 생태적 기능이 제대로 발휘될 수 없다. 특히 도시녹지의 중요한 환경개선 기능이 충분히 발휘되지 못한다.

다음으로, 생물다양성 보전기능도 발휘될 수 없다. 녹지는 생태계의 생산자로서 태양에너지를 고정하여 그것이 합성한 유기물을 각종 동물과 미생물에 공급함으로써 생태계를 하나의 살아 있는 공간으로 유지해 간다. 하지만 외래종이나 분포지가 다른 식물로 조성되는 녹지는 그 지역의 동물과 미생물에게 낯선 먹이이기 때문에 이런 역할을 기대할 수 없다.

그러므로 이제는 생태학의 원리에 기초하여 지역의 생태적 특성과 가장 잘 어울리는 잠재 자연식생의 구성 종 중에서 녹지조성용 식물을 골라서 심어야 한다. 그럴 때만이 녹지가 늘어나고 또 날로 심각해지는 도시환경문제를 해결하는 수단을 확보할 수 있을 것이다. 뿐더러 점차 사라져 가는 생물종들을 구할 수 있다.

최대의 환경개선 기능과 생물다양성 보전기능을 갖춘 녹지를 확보하는 것이 무엇보다도 중요하다.

한편 자연림 가운데 신갈나무숲과 소나무숲은 산중턱 위쪽에 자리잡고 있으며, 특히 신갈나무숲은 현재 서울의 외곽지역 대부분에서 쇠퇴하는 모습을 보인다. 이 또한 도시녹지의 불균등분포와 밀접한 관계가 있다.

삼림 생태여행에 앞서

생태계는 생물군집이 비생물환경과 상호 작용하여 영양단계, 생물의 다양성, 물질의 순환을 만들어내는 자연계의 기본 단위를 말한다.

생태계의 구성원인 다양한 생물들은 영양단계를 결정하는 먹이사슬을 매개로 해서 서로 밀접한 관계를 맺는다. 그리고 이 생물군집은 다시 물질순환이라는 생태계의 기능을 매개로 비생물환경과 서로 분리될 수 없는 관계가 된다. 삼림생태계의 모습과 그 작용을 들여다보면, 생태계의 이 같은 관계를 확인할 수 있다.

먼저, 생물군집을 이루는 생물구성원들을 알아보기로 하자.

우리가 쉽게 관찰할 수 있는 생물의 종류로는 식물을 들 수 있다. 삼림생태계에서 식물은 삼림식생(forest vegetation)을 이루어 존재하며, 삼림식생에는 자연림, 이차림, 인공림이 있다. 여기서 대도시 주변의 산은 대부분이 이차림 아니면 인공림이다.

그리고 동물이 또 하나의 생태계 구성원이다. 동물은 식물들이 태양에너

이차림과 인공림

이차림은 인간간섭으로 파괴되었던 숲이 자연의 천이과정을 거쳐 회복중에 있는 숲을 말하며, 인공림은 자연의 작용과 관계없이 인공적으로 심은 숲이다. 삼림식생은 대부분 교목(큰키나무)층, 아교목(중간키나무)층, 관목(작은키나무)층, 초본(풀)층으로 이루어진다.

지를 고정하여 합성한 유기물을 섭취해서 필요한 에너지를 얻는다. 결국 동물은 소비자이고 식물은 생산자인 셈이다.

산에 가면 나뭇잎 등을 갉아먹는 애벌레며 숲을 날아다니는 곤충이나 새, 숲바닥(forest floor)을 기어다니는 곤충 따위를 볼 수 있다. 이들의 행동을 찬찬히 들여다보면, 먹이는 어떻게 섭취하며 어떻게 숨고 휴식을 취하는지 알 수 있다. 이들간에, 또 이들과 식물이 서로 다양한 관계를 맺고 있다는 것도 쉽게 확인된다.

다음으로, 미생물이 있다. 분해자인 미생물은 식물이 합성한 유기물을 흡입하거나 죽은 생물체를 분해하여 필요한 에너지를 얻는다. 미생물은 크기가 작기 때문에 관찰하기가 매우 어렵다.

그래서 비슷한 분해자 역할을 하는 버섯(균류)을 관찰대용으로 삼기도 한다. 버섯은 지면의 낙엽층에 나 있는 것과, 나무에 붙어 있는 것이 있다. 낙엽층에 나 있는 버섯 가운데 긴 끈 같은 것(균사)을 내어 낙엽을 감싸고 있는 것이 있는데, 이런 모습을 통해서 분해자의 일종인 버섯과 그 역할을 관찰할 수 있다.

그러면 삼림생태계의 비생물환경은 어떤 모습일까. 삼림생태계에서 비생물환경의 관찰대상으로는 삼림토양을 들 수 있다. 삼림토양도 앞에서 숲의 계층구조를 관찰할 때처럼 토양의 단면을 만들어 층의 구조를 우선 관찰해야 한다.

표면에서 땅속으로 들어가면서 토양단면의 층을 구분하면 낙엽층, 부식층, A층, B층, C층의 순서로 나타난다. 이 토양단면을 관찰해 보면, 토양은 모암의 풍화에서 유래된 무기질과 낙엽 같은 유기물의 분해산물이 상호 작용하여 생성되었다는 것을 쉽게 알 수 있다.

토양단면의 층

낙엽의 상태가 온전하여 어떤 나무에서 떨어진 잎인지 확인할 수 있는 수준의 낙엽층이 있고
그 밑에 이런 낙엽이 분해과정을 거쳐 형태가 분명치 않게 부스러져 있는 상태의 부식층이
있다. 이어 이런 부식층의 일부가 모암에서 나온 무기질과 혼합되었거나 부식층에서 흘러나
와 용해된 유기물과 섞여 짙은 갈색을 띤 A층이 나온다. 이와 달리 B층은 무기질 색깔을 유
지하며 또 입자가 굵은 자갈이 섞이지 않아 C층과도 구분된다.

삼림생태계의 구성이 이러하다면 그 기능은 어떠할까.

에너지 흐름을 보면, 지구생태계의 에너지 근원은 태양에너지이다. 식물
은 태양에너지를 고정하여 광합성을 하며, 그 과정에서 만들어진 일부 유
기물은 자신의 성장에 이용하고 일부는 초식동물들의 먹이로 제공한다.

식물이 광합성작용을 통해서 생장한다는 사실은, 같은 종의 식물이라도
빛을 잘 받는 조건에 있는 식물이 그렇지 못한 식물보다 잘 자란다는 데서
확인할 수 있다.

또 곤충이나 새는 나뭇잎이나 풀잎을 갉아먹거나 열매를 따먹으면서 식
물이 생성한 유기물의 일부를 섭취한다. 그리고 서울의 생태계는 인간의
잦은 간섭 탓에 육식동물의 먹이획득 모습은 보기 어렵지만, 새가 곤충을
잡아먹거나 쫓는 모습은 관찰할 수 있다.

물질의 순환에서, 비생물환경으로부터 생물환경으로의 물질의 유입은
토양과 식물의 관계에서 관찰할 수 있다. 식물은 땅속 깊이 뿌리를 내려서
물과 그 속에 용해된 무기염류를 흡수하여 물질대사를 한다.

이른봄 나무에 한창 물이 오를 때쯤 생장추를 이용하여 나무줄기에 구멍
을 내면 물이 상승하는 모습을 관찰할 수 있다. 게다가 이 물 속에는 영양

소나무와 담쟁이

염류가 녹아 있기 때문에 이 또한 흡수한다.

그리고 식물에서 토양으로의 물질 유출은 잎이나 가지가 떨어지는 현상에서 확인할 수 있다. 살아 있는 잎은 초록색이지만 노화과정과 낙엽의 분해가 진행되면서 잎은 토양과 비슷한 색으로 변한다.

이런 물질순환을 통해서 물과 영양염류가 풍부한 토양은 식물을 왕성하게 자라게 하고, 왕성한 식물의 생장은 토양을 비옥하게 한다.

서울의 산

빼어난 봉우리와 바위들의 관악산

　한남정맥이 수원 광교산에서 북서쪽으로 갈라져 한강 남쪽에 이르러 마지막으로 우뚝 솟아올랐으니, 이름하여 관악산이다.

　동봉(연주봉)의 관악, 서봉의 삼성산, 북봉의 장군봉과 호암산 등 빼어난 봉우리와 바위들이 많고 갖가지 나무와 풀이 어우러져 철따라 변화하는 모습이 마치 금강산과 같다 하여, 소금강 또는 서쪽의 금강산(서금강)이라고

서울의 남쪽 외곽에 있는 관악산(해발 629.1m)은 풍수적으로는 경복궁의 조산 혹은 외안산이지만, 산봉우리의 모양이 불과 같아 화산이라 부른다.

고사목

흔히 고사목은 생태적 수명이 다한 것으로 알려져 있다. 그것은 다음과 같은 이유 때문이다.

나무는 나이가 들면서 줄기나 뿌리 등이 커져 그만큼 광합성을 못하는 부위가 늘어난다. 그리고 호흡으로 잃는 양이 많아지기 때문에 이를 보충하기 위해서 광합성 부위인 나무의 관(수관) 부위를 늘리게 된다.

이에 비해 근계(식물을 지탱하는 주근과 물과 영양염류를 흡수하는 세근으로 이루어진 뿌리들의 모임)는 일정한 넓이를 확보하면 그후로는 흡수기능을 높이기 위해 기존의 뿌리를 고사시키고 새것으로 교체할 뿐, 근계의 면적을 늘리지는 않는다.

그 결과 형태적 불균형이 생겨나고, 이런 불균형은 외부교란에 예민해지는 직접적인 원인이 되기 때문이다.

개벚나무의 고사목

도 한다.

　오늘도 관악산은 서울시민들의 소중한 휴식처가 되어, 숲과 맑은 공기와 드넓은 조망을 찾는 이들의 발길이 끊이지 않는다.

산 아랫부분은 서울의 여느 산들과 마찬가지로 도시지역이 자리잡고 있고, 이곳을 벗어나면 인공조림된 아까시나무숲이 펼쳐진다. 특히 서울대를 중심으로 서쪽의 저지대는 대부분이 아까시나무로 덮여 있고, 은사시나무의 조림지도 비교적 넓다. 이런 조림수종은 천이 초기종으로 생태적 수명이 짧은데, 요즘 들어 이곳에도 고사목이 눈에 띄는 것으로 보아 쇠퇴단계로 접어든 모양이다.

이렇게 나무가 하나둘 죽어가면 숲에는 숲틈이라는 게 생겨난다. 그리고 이 숲틈에 자리잡은 나무들 가운데 가장 빨리 자라는 나무가 다음 단계 숲의 주인이 된다. 이제 막 숲틈이 생긴 상태에서 보았을 때 큰키나무 중 가장 큰 나무가 주인이 될 가능성이 높으므로, 이를 대체수종이라고 한다.

관악산에 생기는 숲틈들을 들여다보면, 대체수종으로는 우리나라 고유의 참나무류가 우세하다. 이 땅의 주인이 제자리를 찾아가는 모습이니, 퍽 다행스런 일이 아닐 수 없다.

하지만 이처럼 자연적으로 나무들이 쓰러지고 하나둘 고사목이 생겨나서 좁은 숲틈이 만들어지는 것이 아니고, 인위적으로 벌목한 흔적이 있는 곳을

숲틈

나무는 줄기가 있고 그 줄기에서 퍼져나온 잔가지와 잎이 우산 펼친 모양을 이룬다. 이 우산 펼친 모양을 수관(나무의 관)이라 하고, 여러 나무가 숲을 이루어 수관이 이어진 것을 임관이라 한다. 대개 임관은 키가 비슷한 나무들의 수관이 서로 이어져 닫힌 상태로 되어 있는데, 그중 한 나무가 수명을 다했거나 태풍 등이 발생하여 나무가 넘어지는 교란이 발생하면 닫힌 임관이 열리게 된다. 이런 부분을 숲틈이라고 한다.

보면 그 양상이 사뭇 다르다. 그곳에는 조림수종의 싹이나 덩굴식물 같은 교란된 장소를 선호하는 식물이 번성한다. 강한 교란으로 크고 훼손 정도가 심한 숲틈이 생기면 빛이 많은 곳을 좋아하는 식물들이 자리잡고, 그 반대의 경우이면 빛이 부족한 곳에서도 견딜 수 있는 음수들이 정착한다.

따라서 조림지를 우리 고유의 숲으로 바꾸고자 한다면, 인간의 지나친 간섭보다는 자연적 천이에 맡기는 편이 훨씬 합리적이고 바람직하다.

지난날 어렵던 시절 구황식품의 역할을 톡톡히 했던 상수리나무숲

우리의 삶을 포근히 감싸안아 주는 상수리나무숲

비슷한 위치에서 눈을 돌려보니 상수리나무숲이 보인다. 상수리나무는 참나무 중 종자를 가장 많이 생산하며 종자생산의 해거름도 뚜렷하지 않다. 이러한 특성은 이 나무가 천이 초기종임을 말해 준다. 상수리나무가 열심히 종자를 맺는 것은 자손을 남기려는 생식본능 때문이지만, 그러다 보니 온몸이 상처투성이다. 상수리나무를 보면 사람가슴 높이 정도에 움푹 파인 상처

가 많이 나 있다. 종자는 성숙하면 배가 돌아 저절로 땅에 떨어지는데, 인간들의 욕심과 조급함은 이를 기다리지 못하고 나무를 못살게 구는 것이다.

상수리나무숲은 우리나라 대부분의 농촌마을 주변의 산을 병풍처럼 에워싸고 있듯이, 인간생활과 밀접한 관계가 있다. 과거에 구황작물의 하나로 심었다는 설도 있지만, 그 넓은 지역의 상수리나무숲이 모두 인위적으로 조성되지는 않았을 터이다. 일부 지역에서 구황작물로 심으면서 그것이 퍼져나가 오늘의 모습을 만들었을 것이다. 상수리열매로 만든 묵은 예전같지는 않지만 지금도 여전히 서민들의 먹을거리로 사랑받고 있다.

상수리나무는 천이 초기종의 특성을 지닌 탓에 인가주변처럼 인위적 간

경관생태학(문화경관)

삼림, 하천, 농경지, 도시 등이 조합된 생태계복합체를 경관이라고 한다. 그리고 이런 경관의 구조와 기능, 변화를 연구하는 것이 경관생태학이다. 경관생태학은 1980년대부터 활발하게 연구되기 시작한 생태학의 새로운 분야인데, 연구범위가 넓고 인간의 생활환경을 비롯하여 인간의 간섭이 이루어진 부분을 연구대상으로 하는 점에서 기존 생태학과 다르다. 따라서 경관생태학은 인간환경에서 과도한 개발로 인한 각종 환경문제를 줄이고, 앞으로 일어날 문제를 미연에 방지하기 위한 환경계획을 수립하는 데 중요한 정보를 제공한다.

인간은 생활을 위해 주거지, 농경지, 조림지 등이 필요하고 땔감, 유기질 비료, 가축사료, 농업용 도구재 등을 얻을 수 있는 마을 뒷산을 생활환경 범위에 포함시켜 왔다. 이런 경관요소들은 주거지를 중심으로 동심원 모양으로 분포해서 하나의 계, 즉 문화경관을 이루는데, 도시화가 덜 진행된 농촌과 산촌에서는 수백 년을 내려온 문화경관의 모습이 큰 변화 없이 오늘날까지 간직되고 있다. 그래서 환경이 수용할 수 있는 개발을 의미하는 '지속 가능한 발전'의 모델로 주목받고 있다.

섭이 잦은 곳을 좋아한다. 오늘날처럼 인간생활에서 요구되는 각종 소재를 쉽게 확보할 수 없었던 시절에 인간은 생활소재를 자연, 그중에서도 마을 주변의 산으로부터 얻었다. 그러다 보니 그런 곳에는 교란이 일어나기 일쑤였고, 이렇게 해서 형성된 개방공간에는 이런 곳을 좋아하는 상수리나무나 소나무가 자리잡았다. 그중 상수리나무는 소나무보다 습한 곳을 좋아하는 편이다.

물론 이런 곳이 아니어도 상수리나무숲은 곳곳에서 볼 수 있다. 등산로

관악산의 마른내. 평소에는 물이 없고, 비가 내릴 때만 물이 흐르는 계곡 주변으로 졸참나무가 숲을 이루고 있다.

주변을 따라 상수리나무가 이어지고, 등산로 폭이 넓어 쉼터로 이용되곤 하는 주변에는 제법 넓게 숲을 이루었다. 이 또한 인간간섭에 대한 반응의 결과이다.

이렇게 도시 주변의 자연은 인간과 서로 영향을 주고받으면서 본래의 모습과 다소 다른 모습으로 자리잡는다.

그 밖에 오리나무숲과 졸참나무숲이 저지대에 분포해 있지만, 그리 넓지 않아 쉽게 눈에 띄지는 않는다.

오리나무는 사당동 쪽의 등산로가 시작되는, 비교적 평평한 곳에 숲을 이루고 있다. 전국적으

노간주나무

로도 오리나무숲은 드문데, 그것은 주 분포지가 대부분 논으로 개발되었기 때문이다. 실제로 경작하지 않는 논에서 진행되는 천이과정을 살펴보면, 오리나무숲으로 회복되는 것을 확인할 수 있다.

졸참나무숲은 관악산의 주 등산로를 따라가다가 아까시나무 조림지가 끝나는 계류변에 보인다. 서울 인근에서는 넓게 숲을 이룬 졸참나무를 볼 수 없지만, 남쪽으로 갈수록 넓어진다. 다만 경기도 광릉에는 꽤 넓은 졸참나무숲이 있다. 졸참나무도 종자를 많이 생산하기 때문에 흔히 묵 재료로 사용된다. 묵의 질은 상수리나무 열매로 만든 것보다 훨씬 낫다고 한다. 주로 계곡과 산자락 사이에 분포하며, 졸참나무숲 주변의 계곡은 평소에는 물이 없고 비가 내릴 때만 물이 흐른다.

저지대의 경사가 완만한 곳을 지나면 바위산인 관악산의 특성이 차츰 드

바위 사이로 고개를 내민 회양목 꽃

러나면서 여기저기에 큰 바위가 눈에 띈다. 여느 바위산처럼 바위들 사이로 노간주나무가 많이 보이지만, 관악산에서는 회양목도 자주 눈에 띈다.

노간주나무와 회양목은 강원도 삼척과 동해, 충청북도 단양과 제천의 석회암지대에 자라는 종으로 알려져 있으나, 관악산에서도 자생한다.

노간주나무 열매의 독특한 냄새는 특히 드라이진을 좋아하는 사람들의 마음을 설레게 하기도 한다. 노간주나무는 생물학적으로 측백나무와 가깝다. 실제로 봄철 심한 가뭄기에 수분부족을 견디는 능력을 측정해 보면, 사막의 측백나무만큼이나 건조에 대한 내성이 강하다.

회양목은 여름이 되면 잎이 초록빛이다가 겨울에는 갈색으로 바뀌고 다시 봄이 되면 푸르러진다. 이런 변화는 엽록소의 형성과 파괴에서 비롯되는데, 이 또한 회양목 체내의 수분보유 상태와 밀접한 관계가 있다. 회양목은 가을부터 겨울까지 계속 체내의 수분을 밖으로 내보내며, 그에 비례해서 잎은 초록색에서 갈색으로 바뀐다. 그리고 해빙기가 되어 뿌리가 수분을 빨아올리기 시작하면 다시 초록빛이 된다.

노간주나무와 회양목을 사이에 두고 리기다소나무가 숲을 이루었고, 그 사이사이로 소나무도 드문드문 보인다. 인공조림된 리기다소나무보다 소나무가 더 크고 나이가 든 것을 보니, 아마 이곳은 소나무숲이었을 터이다.

사실 소나무는 바위산에서 잘 자란다. 자연상태의 소나무숲 본래 위치 또한 바위가 드러난 산지 능선이나 꼭대기이다.

그러나 사람들의 그릇된 생각 때문에 소나무가 아무 데나 심어지고 있다. 특히 도심에 심어놓은 소나무는 안쓰럽기까지 하다. 간신히 버티고는 있지만 잎은 축 늘어지고 온통 갈색 반점투성이다. 토질도 적합하지 않은 데다 만성 대기오염에 시달린 탓이다. 이런 잎을 현미경으로 관찰해 보면 식물의 숨구멍인 기공이 붕괴되어 있기도 하다. 아무리 사람들이 소나무를 좋아한다고 해도 이렇게 고통을 줄 수는 없는 노릇 아닌가.

뿐만 아니라 건조한 장소는 토양의 입자와 입자 사이에 물대신 공기를 많이 품고 있으며, 습한 곳의 토양은 물을 많이 간직하고 있다. 따라서 건

관악산의 소나무숲

갯버들

조한 곳에 자라는 식물을 습한 곳에 심으면 뿌리호흡이 지장을 받아서 제대로 자라지 못한다.

사실 수계 생태계 주변의 식생 분포는 식물이 침수에 견디는 능력과 밀접한 관계가 있다. 그런데도 사람들은 이런 사실을 곧잘 무시한다.

리기다소나무 조림지 사이로 난 계곡에는 신갈나무숲이 있고, 계곡의 넓은 계류변에는 갯버들과 갈대 비슷한 식물도 자란다.

갈대는 강 하류의 토양입자가 고운 곳에 자라니 필시 갈대는 아니고, 같은 속의 달뿌리풀이다. 전문가도 갈대와 달뿌리풀을 구분하기란 쉽지 않다. 이럴 때는 생육지의 생태적 특성을 알면 식별하는 데 큰 도움이 된다. 하지만 식물의 생육지 특성을 알려면 다소의 경험이 필요한데, 이 말은 곧 자연과 좀더 가까워져야 한다는 것이다.

우리의 원초적 고향인 자연에 다가가는 지혜

오늘을 사는 우리는 그 어느 때보다 자연에게 성큼 다가가야 한다. 자연은 우리가 태어난 원초적인 고향이요 앞으로 살아야 할 곳이며, 더구나 우리가 살아가는 데 필요한 지혜를 주는 곳이다.

주말이나 휴가철이면 사람들은 도시를 벗어나 어디론가 떠나고 싶어하는데, 아마 이것은 인간이 본래 태어난 자연과 친해지고 자연을 알고 싶어하는 본능 때문일 것이다.

계류에서 둑으로 발길을 옮기면 병꽃나무가 울타리를 친 듯 빼곡이 자라고 있고, 그 옆 산자락 쪽에는 국수나무가 들어차 있다. 병꽃나무가 맑은 물을 지키는 병정 노릇을 한다면, 국수나무는 신갈나무숲을 지키는 파수꾼이라 할 수 있다.

맑은 물을 지키는 병정 역할을 하는 병꽃나무

병꽃나무가 빼곡한 틈새에는 비탈에서 쓸려 내려온 낙엽이 가득하고 이따금 쓰레기도 걸려 있다. 아마 병꽃나무들이 이렇게 걸러주지 않았으면 맑은 물은 언감생심이었을 것이다.

그러면 국수나무가 어떻게 파수꾼 역할을 하는지 알아보자. 국수나무는 빛을 좋아하기 때문에 이곳에 등산로가 사라진다면 그들 또한 사라질 게 뻔하다. 게다가 국수나무가 이곳에 자리잡은 것 또한 등산로와 밀접한 관계가 있다.

국수나무는 잔가지가 늘어지는 작은키나무라서, 무성하게 자라면서 튼튼한 울타리를 이룬다. 바로 이 울타리가 사람들이 숲속을 수시로 드나드는 것을 제한하고, 또 숲 가장자리에서 불어와 숲을 건조하게 하는 바람도 막아주는 구실을 한다. 뿐더러 숲 바깥에서 안이 훤히 들여다보이지 않게 해주므로, 그 속에 살고 있는 생물들에게 안락한 환경을 마련해 준다. 이만하

신갈나무숲을 지켜주는 파수꾼, 국수나무   조록싸리

면 꽤 훌륭한 신갈나무숲의 파수꾼이 아니겠는가.

계곡에는 신갈나무숲말고 개벗나무숲도 보인다. 봄에 벚꽃이 만발할 때는 물론이거니와 가을에 잎이 빨갛게 물들면 사람들의 눈을 사로잡는 숲이다.

산을 더 올라가니 리기다소나무숲은 소나무숲으로 바뀌고, 계곡을 중심으로 토양이 제법 두꺼운 곳은 온통 신갈나무들이다. 능선과 계곡으로 이어지는 여기서부터는 소나무와 신갈나무 숲이 번갈아 모습을 드러낸다.

하지만 서로 가까이 있지만 소나무와 신갈나무 숲의 바닥에서 자라는 식물들은 다르다. 작은키나무로는 소나무숲에서는 진달래, 노간주나무, 참싸리 등이 자라고, 신갈나무숲에는 철쭉꽃, 조록싸리, 붉은병꽃나무 등이 자란다. 풀도 마찬가지다. 소나무숲에서는 꽃며느리밥풀, 새, 억새 따위가 보이지만 신갈나무숲에는 털대사초, 애기나리, 뱀고사리 따위가 많다.

소나무와 신갈나무가 각각 능선과 계곡에 나뉘어 숲을 이루는 것은 수분

상수리나무숲

스트레스에 대한 반응 때문이다. 수분공급이 중단되면, 신갈나무는 3주 이내에 고사하지만 소나무는 한 달 이상 버틸 만큼 수분 스트레스에 강하다. 사실 소나무의 수분부족에 대한 내성은 노간주나무나 사막식물 못지않다. 우리나라 봄철의 가뭄상태가 건조한 땅에 자라는 많은 식물들을 거의 아사상태로까지 몰고 가는 심각한 수준임을 생각해 볼 때, 이러한 분포상의 차이는 주로 수분 때문이라고 볼 수 있다.

이제 숨이 턱밑까지 차오르는 것을 보니 정상이 머지않은 것 같다. "야호" 하는 외침도 점점 크게 들린다. 정상에 오른 기분도 만끽할 겸 산 아래를 굽어보며 숨을 깊이 들이마시려 하다가, 눈앞의 혼탁한 공기덩어리에 놀라 몸을 돌려 그래도 좀 나은 남쪽의 공기를 흠씬 들이마신다.

산의 아름다움이 절절히 느껴지는 하산길

발길을 동쪽으로 돌려 사당동 쪽으로 내려오면, 관악산이 얼마나 아름다운 산인지 절절히 느껴진다. 문득문득 설악산 속을 걷고 있다는 착각마저 든다. 그래서 이곳을 소금강 혹은 서금강이라 불렀나 보다.

한때 나는 관악산 입구에 서서 살아 움직이는 듯한 저 꼭대기를 바라보기를 즐겨했는데, 이렇게 걷다 보니 또 다른 즐거움을 만끽할 수 있다.

물론 이런 즐거움만 있는 것은 아니다. 잦은 등산로 입구 때문에 자연이 파괴되고 지나치게 많은 인공구조물이며 행락객들의 몰지각한 행동…. 안타까움을 금치 못하게 하는 게 또 하나 있다. 팥배나무가 늘어나고 있는 것이다. 아래로 내려갈수록 더 두드러지는 것을 보니, 필시 이 또한 도시의 대기오염과 무관하지 않을 터이다.

관악산 능선

바위산인 관악산에서도 건강하게 자라는 끈끈이주걱

　사실 관악산 얘기를 하면서 끈끈이주걱과 이삭귀개, 땅귀개를 빼놓을 수 없다. 법적 보호종으로 지정된 이들 습지식물은 바위틈을 타고 흐르는 물이 바람과 함께 흙을 모아 비교적 평탄한 지대를 만들어 물을 간직한 곳에 자란다.

　건조한 곳을 대표하는 바위산인 관악산에 이런 습한 곳이 있고 습지식물까지 분포하는 것을 보면, 자연은 오묘한 실체임에 틀림없다. 몇 년 전 함께 연구한 사람들의 눈이 번쩍 뜨이게 했던 이 귀중한 공간을 어느새 누군가가 약수터로 개발하겠다고 팻말까지 박아놓고 이미 많이 손을 댄 상태이니, 실로 크게 염려가 된다.

　좁은 곳이지만 가장 습한 한가운데에 이들 습지식물이 자라고 가장자리로 가면서 사초과식물이, 그리고 주변의 암반 쪽으로 가면서 벼과식물을 비롯하여 건조한 곳에 자라는 식물이 출현하는 등, 동심원 구조로 식생이 분포되어 있다.

　전에는 북한산에도 이런 식물들이 분포했다고 하지만, 최근에 내가 조사한 바에 따르면 동심원으로 분포한 식생배치에서 한가운데의 이런 습지식물은 빠져 있었다. 아마 북한산의 수분상태와 관계가 있을 것이다.

　따라서 이곳 관악산도 약수터가 개발되어 자연이 이용할 수 있는 물이 줄어들면, 이 중요한 생태적 공간의 운명은 북한산과 다를 바 없을 것이다.

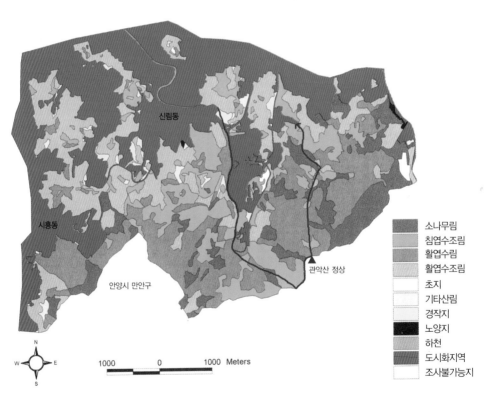

관악산 식생도

자연에 대한 이런 배려를 아쉬워하는 것이 비단 나만일까?

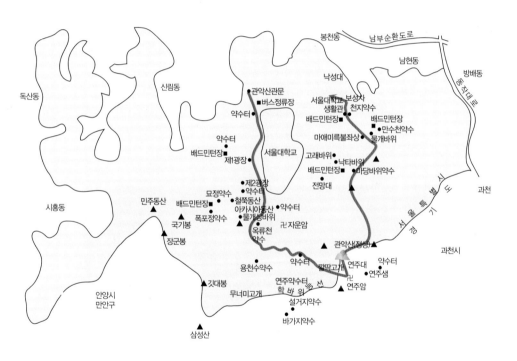

관악산 안내도

관악산은 사람들이 많이 찾는 대표적인 도시림으로 공익적 가치가 매우 높다. 또한 야생동물을 비롯한 다양한 동·식물들이 어울려 살아가는 삼림생태계를 이루고 있다.

조류는 38종이 서식하고 있는 것으로 알려져 있으며, 그 가운데 박새·쇠박새·멧비둘기·꿩·붉은머리오목눈이·노랑턱멧새·까치 등의 텃새가 23종으로 가장 많다. 다음으로 흰눈썹황금새·큰유리새·산솔새·꾀꼬리·흰배지빠귀·뻐꾸기 등 여름철새 11종, 검은머리방울새·말똥가리·유리딱새 등 겨울철새 4종이 관악산의 식구들이다.

계절별로는 조류의 번식기인 봄철에 가장 다양한 종류를 볼 수 있으며, 대부분의 새들이 무리를 지어 행동하는 겨울에 가장 많은 수를 관찰할 수 있다.

조류는 일년 내내 관찰이 가능한 텃새와 일정한 계절에만 관찰할 수 있는 철새로 나뉘며, 철새는 다시 겨울철새와 여름철새, 나그네새로 구분할 수 있다.

봄이 되면 남쪽에서 날아와 우리나라에서 알을 낳고 새끼를 키운 후 가을이 되면 다시 남쪽으로 날아가는 새를 여름철새라 한다. 그리고 겨울철새는 북쪽에서 번식해서 초겨울에 우리나라를 찾아와 겨울을 나고 봄이 되면 새로운 번식을 위해 다시

말똥가리

북쪽으로 날아가는 새들을 일컫는다. 나그네새는 우리나라 남쪽에 번식지가 있고 겨울을 나는 월동지는 북쪽에 있어, 봄가을의 이동시기에 우리나라를 거쳐가는 새를 말한다.

자연적으로 혹은 인간의 위협 때문에 서식지가 줄어들고 서식환경이 악화되어, 야생동물들 가운데는 그 수가 두드러지게 줄어들어 특별한 대책을 세우지 않을 경우 멸종위기에 놓일 우려가 있는 종들이 많다. 또한 보호할 가치가 높거나 우리나라에만 살고 있는 고유 종 가운데도 수가 줄어들고 있는 종들도 있다. 우리나라에서는 이런 야생동물을 천연기념물과 멸종위기 및 보호 야생동물로 지정하여 보호하는데, 관악산에는 천연기념물 324호로 지정된 소쩍새와 보호대상종 말똥가리가 살고 있다.

과거에는 도시나 농경지, 하천, 해안, 산에서 흔히 볼 수 있었던 말똥가리를 지금은 관찰하기가 쉽지 않다. 말똥가리는 주로 쥐 종류와 소형 조류 따위를 잡아먹지만, 개구리나 뱀 종류, 때로는 곤충도 먹는다. 공중에서 날다가 땅 위의 먹이를 발견하면 급강하해서 낚아챈다.

5~7월에 "소쩍 소쩍" "소쩍다 소쩍다"하고 우는 천연기념물 소쩍새는 그 울음소리로 여름밤의 정취를 자아낸다. 예부터 소쩍새가 "소쩍"하고 울면 그해에는 흉년이 들고, "소쩍다"하고 울면 솥이 작다는 뜻으로 풍년이 든다는 이야기가 전해져 내려온다.

소쩍새는 낮에는 활동을 하지 않고 나뭇가지에 앉아 휴식을 취하기 때문에 좀처럼 관찰하기 어렵지만, 이따금 주택가의 숲에서도 울음소리를 들을 수도 있다. 대개 곤충류와 거미류를 먹으며, 때때로 작은 들쥐나 조류를 잡아먹기도 한다.

그 밖에 청딱따구리·오색딱따구리 같은 딱따구리류는 수령이 오래 되어 굵직한 나무가 많은 곳을 좋아한다. 왜냐하면 딱따구리류는 나무에 직접 구멍을 파서 둥지를 지으므로 나무의 지름이 웬만큼 굵어야 하기 때문이다.

따라서 관악산에 딱따구리류가 살고 있다는 것은 그만큼 관악산에는 이들이 둥지로 이용할 수 있는 굵은 나무가 많다는 것을 말해 준다.

관악산 꼭대기의 연주암 근처에 있는 은사시나무에 둥지를 튼 청딱다구리는 겨울철에 서울대학교 캠퍼스 내에서 관찰될 정도로 행동반경이 넓다.

연주암 부근이나 등산로의 쓰레기 모아둔 곳에서 먹이를 찾고 있는 까마귀도 눈에 띈다. 그리고 관악산공원 입구에 해당하는 계곡에서는 알락할미새나 노랑할미새, 굴뚝새, 큰유리새를 만날 수 있다.

새들은 봄철이면 꼭대기 이외에 능선이나 비탈, 계곡에도 분포해 있지만, 겨울에는 주로 서울대 기숙사와 공원 입구 같은 먹이가 되는 나무가 많이 심어져 있는 곳에서 쉽게 볼 수 있다.

관악산에 서식하는 포유류는 9종으로, 많지 않은 것으로 알려져 있다.

먹이사슬에서 비교적 아래쪽에 위치하는 작은 포유류 가운데는 청설모, 다람쥐, 등줄쥐, 흰넓적다리붉은쥐 4종이 살고 있다. 청설모와 다람쥐는 낮에도 활발하게 돌아다니기 때문에 비교적 쉽게 관찰할 수 있으나, 나머지는 대개 야행성이어서

청딱따구리(위)와 오색딱따구리의 둥지 (아래)

낮에는 쉽게 눈에 띄지 않는다.

이보다 크기가 큰 중형과 대형 포유류의 경우에는 이들이 남긴 흔적을 가지고 어떤 종이 살고 있는지 확인할 수 있다. 흔적이라 하면, 배설물이라든가 발자국, 먹이를 먹은 흔적, 휴식을 취한 흔적을 들 수 있는데, 특히 배설물이나 발자국은 종에 따라 다르기 때문에 어떤 종의 흔적인지 쉽게 구별된다.

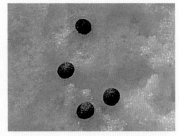

멧토끼의 배설물

계곡에서는 멧토끼의 배설물을 볼 수 있고, 또 두더지가 땅을 파고 지나간 흔적도 심심찮게 보인다.

족제비는 낮에도 비교적 활발하게 활동하므로 자주 볼 수 있으며, 서울대 공과대학 연못 뒤편의 계곡에서 관찰되기도 하였다.

또한 관악산 주변 인가나 등산로 주변에서는 야생화된 개와 고양이가 늘어나고 있는데, 특히 고양이는 야생조류의 둥지를 습격해서 잡아먹는 등 원래의 자연생태계에 악영향을 미치고 있어 우려된다. 이외에 오소리와 고슴도치를 목격했다는 지역주민과 등산객도 있다.

포유류는 주로 관악산 꼭대기에서 자운암까지의 계곡에 분포하며, 개와 고양이는 기슭에서 주로 서식한다.

조류는 나무 위와 나무구멍에 둥지를 짓는 종이 많고, 인가지역에서 둥지를 트는 참새나 집비둘기의 밀도도 높은 편이다. 먹이도 주로 나무나 인가에서 구하는 종이 많이 살고 있다.

서울의 허파 **남산**

북쪽의 북악산, 동쪽의 낙산, 서쪽의 인왕산과 함께 서울의 중앙부를 둘러싸고 있는 내사산의 하나인
남산(262m)

원래 목멱산이라고 불렸던 남산은 옛 도성의 남쪽 부분으로서, 주산인 북악산과 마주보는 안산이 된다.

이곳에서는 동국대 옆 장충야구장에서 시작하여 팔각정과 남산타워를 거쳐 남산도서관으로 내려오는 길을 따라서 생태를 둘러보기로 하자.

장충야구장 아래 신라호텔 앞으로는 물이 모이는 집수지가 형성되어 있
지만 흐름이 멈춰서인지 수계생태계라는 생각이 들지 않는다. 수계환경이
크게 필요한 서울 같은 대도시에서 여간 아쉬움이 남지 않는 곳이다. 야구
장 뒤로는 아까시나무가 숲을 이루었으나, 언제부턴가 등산로가 콘크리트
계단으로 바뀌어 산길의 정취를 찾아볼 수가 없다.

　　이곳의 아까시나무숲은 서울외곽의 산들에서 만나는 숲과는 사뭇 다르다.

　　숲 안쪽에 주로 때죽나무 같은 중간키나무들이 빽빽이 들어차서 그보다
키가 작은 나무며 풀들은 보기 힘들다. 참으로 욕심이 많은 나무이다. 위층
의 아까시나무만 없다면, 여천공업단지에서 대기오염 피해로 큰키나무가

도심에서는 보기 드물게 동국대 뒤편으로 개벚나무가 숲을 이루고 있다.

사라지고 들어선 때죽나무숲과 다를 바 없는 모습이다. 한편 동국대 뒤쪽의 순림에 가까운 개벚나무숲도 매우 드문 숲이다.

다시 등산로로 접어들어 아까시나무숲을 벗어나면 신갈나무숲이다. 등산로 주변에는 조금 전의 아까시나무숲과 마찬가지로 중간키나무들이 빼곡이 들어차 있다. 이번에는 팥배나무가 그 역할을 맡았는데, 습도차이 때문에 역할이 바뀐 것이다. 산중턱을 가로지르는 길인지라, 신갈나무가 숲을 이룬 곳의 등산로는 거의 평지처럼 경사가 완만하다. 근처의 오른쪽 철조망 너머로는 작지만 소나무숲이 보인다. 바위가 드러나고 토심이 얕아서 생긴 숲이다. 하지만 계곡으로 접어들면서 곧 신갈나무숲으로 바뀐다.

평지형 등산로가 다시 가팔라지는 곳에 이르면 자그마한 계류가 우리를 맞이한다. 물이 흐르는 날이 많지 않지만 계곡이라서 습도가 높아 시원한 느낌을 준다. 오르막길에 오르기 전에 힘을 실어주기 위한 계곡인 듯싶다. 산속의 계류인데도 바닥은 돌을 다듬어 깔아 마치 잘 정비된 하수도 같다. 산사태를 막고 홍수 때 물을 빨리 흘려보내기 위함일 것이다. 너무 과잉방어이고 물을 낭비한다는 생각을 지울 수 없다.

이렇게 물을 빨리 흘려보내면 산 아래서는 어떻게 처리한단 말인가? 또 물이 빨리 빠져나가면 이 산에 사는 생물들이 겪게 될 물부족은 어떡하란 말인가? 더구나 남산은 산지사방이 도시화지역으로 둘러싸여 고립된 생태섬인데다. 건물이 빽빽이 들어차면서 산자락의 대부분을 잃은 지 이미 오래다. 이러한 환경여건은 당연히 물부족의 중요한 요인이 된다. 도심의 녹지 공동화 현상에서 비롯되는 열섬효과 또한 물부족을 부추기고 있다.

누구나 알고 있듯이 물은 생명체에서 가장 큰 비중을 차지하며, 대부분의 생명현상은 물을 매개로 진행된다. 그만큼 물은 생물의 분포에 중요한 영향을 미친다. 뿐만 아니라 물을 보유하고 있는 수계환경은 곤충과 양서류, 파충류에게 생식환경을 제공하여 생물다양성을 유지하게 한다. 그러나 남산에서는 이곳 외에도 지나치게 정비된 계류가 많다. 좀더 신중한 배려가 아쉬운 대목이 아닐 수 없다.

혼탁한 도심의 맑은 시냇물 같은 숲

계곡에서 등산로를 타고 올라 남산의 주 능선에 이르면 다시 아까시나무 숲이 팔각정까지 도로 양쪽으로 띠 모양을 이루고 있다. 북쪽 비탈에서는 이런 띠 모양의 숲 안쪽으로 신갈나무가 넓게 숲을 이루었는데, 도심의 숲 치고는 꽤 안정된 모습이다. 바닥에는 서양등골나물이 촘촘히 들어차 있다.

늦가을 서양등골나물이 꽃을 피울 때면, 소금을 뿌려놓은 듯하다는 메밀밭을 연상케 한다. 서양등골나물은 빛이 많이 들어오는 숲 가장자리에는 빽빽하지만 안으로 들어갈수록 성글어진다. 크기 역시 이런 반응을 보이는 경향이 있는데, 교란된 곳을 선호하는 외래종의 전형적인 특성이라 할 수 있다.

꽃을 활짝 피운 서양등골나물은 마치 소금을 뿌려 놓은 듯하다는 메밀밭 같다.

여기서 우리는 외래종을 관리하는 데 중요한 교훈을 얻을 수 있다. 다름아니라 외래종의 확산을 억제하기 위해서는 숲의 내부와 같이 안정된 환경을 확보해야 한다는 것이다. 흔히 외래종은 불안정한 환경에서 번성하여 세력을 확장해 나가기 때문에, 교란과 외래종의 확산은 밀접한 관계가 있다.

일반사람들에게 외래종을 어떻게 생각하느냐고 물어보면 많은 이들이 외래종은 뽑아내야 한다고 말한다. 잘못된 환경교육 탓이다. 외래종을 뽑아낸다는 것은 다시 교란을 불러일으키는 행위이기 때문에 또 다른 외래종의 침입을 불러올 수 있다.

그러므로 외래종이 침입한 환경에서 고유의 자연을 보강하여 안정성을 도모하는 생태학적 복원이 바람직한 외래종 퇴치방법이다. 의료기술을 보면 병든 부분을 도려내는 수술과 같은 질병퇴치 방법이 있는가 하면 신체

교란과 외래종의 확산

안정된 상태의 개체군이나 군집, 생태계는 정적이지 않고 비교적 일정한 폭으로 계속 변화한다. 이것이 일상적인 변동범위를 벗어나게 되는 일련의 사건을 교란이라 한다.

교란은 바람·홍수·불 등과 같이 외적인 요인에 의해 발생하는 외생적 교란과 수명을 다한 식물이 죽어서 생기는 내재적 교란으로 구분된다. 또 자연현상으로 발생하는 자연적 교란과 인간의 간섭으로 생기는 인위적 교란으로 구분할 수도 있다.

자연적 교란 후에는 대체로 자연적 회복과정을 거쳐 치유가 가능하지만, 잦은 인위적 교란은 회복이 불가능한 경우가 많다. 더구나 자연적 교란은 어느 정도 규칙성이 보이지만 인위적 교란은 그렇지 않다. 따라서 자연적 교란은 일상적인 자연현상으로 볼 수 있다.

교란은 각 계에서 틈을 만들어내고 외래종은 이런 틈을 이용하여 확산된다. 교란은 이른 천이 단계의 식물들에게 자리잡을 수 있는 기회를 만들어주고 대부분의 외래종이 이 부류이기 때문에 이런 관계가 성립되는 것이다. 따라서 외래종의 확산을 억제하기 위한 대책은 이런 사실을 고려해서 수립되어야 한다.

남산타워에 올라서면 한강이 성큼 다가서고 덕수궁과 비원도 지척이다.

를 튼튼하게 해서 질병에 걸리지 않게 하는 의술도 있다. 생태적 복원 또한 생태적 공간을 대대적으로 바꾸는 적극적인 복원이 있고, 기능이 약화된 기존의 생태공간을 보강해서 건전한 환경을 회복하는 방법도 있다. 하지만 전자는 비용도 많이 들거니와 많은 노력이 필요하기 때문에 특별한 경우가 아니면 고려할 만한 방법이 못 된다.

팔각정에서 남산타워까지의 경사로 주변에는 느티나무가 심어져 있다. 자연상태에서 느티나무는 흔히 계곡에 숲을 이룬다. 때문에 능선인데다 정상에 가까운 이곳의 느티나무숲은 전형적인 성립지와는 다소 거리가 있다.

기왕에 여기까지 올라왔으면 남산타워도 한번 올라가 볼 만하다. 날씨와 대기조건이 허락하면 남산의 모습은 물론 서울의 전경을 두루 둘러볼 수 있는 곳이기 때문이다. 이곳에서 내려다보면 우선 남산은 남쪽과 북쪽의

인간의 간섭이 지나쳐 온전한 숲을 이루지 못한 남산의 솔밭

비탈이 대조를 이룬다. 남쪽은 주로 상록침엽수인 소나무가 숲을 이루었고, 북쪽은 낙엽활엽수인 신갈나무숲으로 덮여 있다. 또 남쪽은 고만고만한 숲조각이 많지만, 북쪽은 숲이 좀더 크고 수는 적다.

　전체적으로 도시화지역에 인접한 저지대에는 아까시나무숲이 보인다. 5월 초 아까시나무 꽃이 만발할 때는 그 경계가 더욱 두드러진다. 그 다음에 소나무숲이 나타나는데, 북쪽 비탈에서는 소나무숲이 산중턱 아래로만 있으나, 남쪽에는 거의 전지역에 퍼져 있다. 또 북쪽 비탈에만 있는 신갈나무숲은 능선과 일부 저지대를 빼놓고는 골고루 퍼져 있다. 아까시나무숲도 대개 저지대에서 볼 수 있으나, 도로변을 비롯하여 산정에까지도 미친다.

　남산 밖으로 시야를 넓히니 용산가족공원이 눈에 들어온다. 응봉근린공원은 아예 남산에 붙어 있는 듯하다. 지척이어서 그럴 것이다. 한강 또한 성큼 다가선 느낌이다. 몸을 돌려 북쪽을 보면, 발 아래로 덕수궁이 보이고 비원도 몇 걸음 안 되는 지척에 있는 것만 같다. 그 뒤로 인왕산과 북악산이 이어지고, 또 그 뒤에 북한산이 버티고 섰다.

모두가 하나로 붙어 있는 듯하다. 서로서로 사슬처럼 이어져서 풀벌레며 양서류, 파충류, 조류, 포유류까지 온갖 자연친구들이 한데 어우러져 뛰노는 생태적인 도시를 갈구하는 나의 조급한 마음 때문이리라.

남산의 희망을 전해 주는 신갈나무숲

다시 남산의 삶을 들여다보도록 하자. 팔각정을 거쳐 도서관 가는 길로 접어들면 아까시나무숲이 맞이한다. 물론 이 남쪽 비탈은 나무전시장 같은 곳이어서, 아까시나무숲이라 해도 갖가지 나무들이 뒤섞여 있다. 한쪽에

남산에서 바라본 북한산

남산의 미래에 희망을 주는 신갈나무숲

잣나무 조림지가 있는가 하면 그 옆에 편백 조림지가 보이고, 가로수로 많이 심는 양버즘나무(흔히 그 속명을 따라 플라타너스라고 부른다)도 튀어나온다.

이곳을 뒤로하고 길을 따라 내려가면 길 위쪽에 소나무숲이 있다. 겉모습은 똑같은 소나무숲이지만 그 안을 들여다보면, 서울 외곽의 다른 산들과 사뭇 다르다.

바닥에는 잎이 물결무늬로 주름진 주름조개풀이 무성한데, 과잉보호가 빚어낸 결과이다. 마치 경작지 같은 이 풀밭에는 가중나무와 때죽나무도 이따금 고개를 삐죽이 내미는데 이 또한 인간간섭 탓이다.

굽이도는 길가에는 은사시나무며 메타세쿼이아, 리기다소나무, 잣나무 등이 열을 지어 숲을 이루었다. 그래도 여기서 세를 과시하는 것은 여전히 아까시나무와 소나무 숲이다. 길 아래로는 아까시나무숲이, 길 위로는 소나무숲이 있다.

남산도서관으로 가는 쪽으로 길 이쪽저쪽에는 숲조각들이 복잡하게 이어진다. 인공조림한 소나무며, 산벚나무, 메타세쿼이아, 물오리나무, 잣나무… 숲. 말 그대로 나무전시장이다. 길 아래의 아까시나무숲 바닥은 식물들을 자주 베어낸 탓인지 숲 안이 훤히 들여다보인다. 이런 인간간섭을 크게 개의치 않는 주름조개풀과 서양등골나물이 주인행세를 하는 것은 당연하다.

이들 위로 전나무가 서 있는데, 이곳으로 치면 해발 1500m쯤에나 있어야 할 나무이다. 이곳이 해발 100m쯤이니 약 7℃의 기온차가 생길 터이다.

게다가 도시기후의 영향까지 생각하면 기온차는 더 커질 것이다. 실로 전나무에게 미안한 마음 금할 수 없다.

신갈나무숲은 북쪽 비탈을 거의 뒤덮었을 만큼, 남산에서 그 위치도 중요하다. 게다가 이 숲은 우리나라에서 안정된 천이 후기단계 숲의 중심을 이루는 것이어서, 그것이 존재하는 곳은 자연성 면에서 높은 점수를 얻는다. 서울처럼 거대한 대도시 한가운데 이런 신갈나무숲이 자리잡고 있다는 것은 우리에게 커다란 혜택이요 자랑이다.

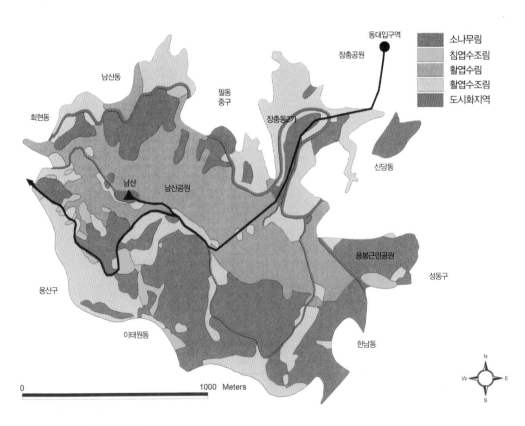

남산 식생도

물론 지나친 인간간섭으로 군데군데 이질적인 요소들이 침입하였지만, 그보다는 자연의 모습을 거의 그대로 간직한 곳이 많다. 지난날 국가의 중요시설이 있던 곳 주변의 신갈나무숲이 특히 그러하다.

어울려 있는 식물의 종류가 이 숲이 얼마나 건강한지 대변해 주고 있다. 당단풍, 음나무, 회잎나무 등이 크게 자라고 생강나무, 작살나무, 분꽃나무, 노린재나무, 애기나리, 고비, 맑은대쑥, 단풍취 같은 숲의 식구들도 있다. 바닥에는 이 숲의 대를 이을 어린 신갈나무도 보이니 더욱 안심이 된다.

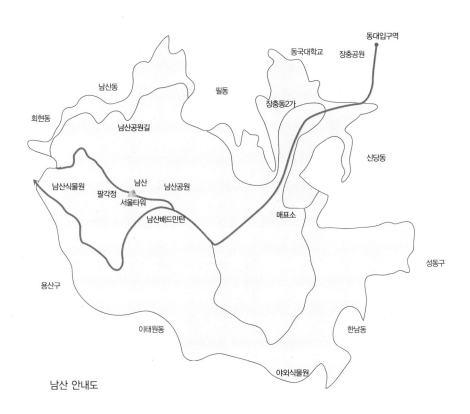

남산 안내도

곤줄박이(위)와 노랑턱멧새(아래)

남산에서 가장 흔한 새는 박새이며, 계절에 따라 곤줄박이나 검은머리방울새, 노랑턱멧새, 노랑머리솔새도 쉽게 볼 수 있다.

남산에는 텃새(16종), 여름철새(14종), 겨울철새(4종), 나그네새(7종) 등 모두 41종이 살고 있으며, 새매와 황조롱이 같은 보호종도 관찰된다.

인공새집을 이용하는 조류에 대한 연구가 남산에서 실시된 적이 있다. 침엽수림과 활엽수림에 각각 50개씩의 인공새집을 설치한 결과, 박새와 진박새가 번식기 동안 이 인공새집을 이용하였다. 활엽수림에서는 박새 4쌍이, 침엽수림에서는 박새 9쌍과 진박새 1쌍이 인공새집을 이용해서 번식을 하였다.

남산처럼 숲의 상태가 그리 좋지 못한 지역은 나무구멍에 둥지를 트는 새들이 이용할 수 있는 굵은 나무가 매우 적기 때문에, 이렇게 인공새집을 달아주면 이런 새들을 날아들게 할 수 있을 것이다.

예부터 사람들은 새들이 철따라 이동하는 것을 몹시 궁금해하면서도 신비롭게 여겼다. 그래서 봄이 되면 나타나는 제비와 가을이 되면 무리를 지어 날아오는 기러기나 오리, 두루미 같은 철새무리들에다 갖가지 상상력을 동원하여 이런저런 의미를 붙이곤 했다.

또 고대 유럽사람들은 겨울이 되면 다른 새로 변신하는 새가 있다고 믿었는데, 가령 뻐꾸기는 겨울에 새매로 바뀐다고 생각했다. 그도 그럴 것이 여름이면 흔하디흔한 뻐꾸기가 겨울이 되면 싹 자취를 감추고 대신 생김새나 날개의 모양이 비슷한 새매가 많이 보였기 때문이다.

이렇게 모습을 감춘 새들은 지중해 속으로 들어가고 기러기나 오리처럼 달나라로 돌아가는 새도 있다고 여기기도 했다. 아리스토텔레스는 황새나 펠리칸은 따뜻한 남쪽으로 날아가 겨울을 지내지만 다른 새들은 어딘가에 숨어버린다고 썼는가 하면, 스웨덴의 박물학자 린네도 흰털발제비는 겨울이 되면 바다 속으로 들어간다고 기록했다.

우리 조상들은 기러기는 가을에 북쪽나라에서 날아온다고 했고 제비는 가을이 되면 강남으로 돌아간다고 생각하였는데, 막연하게나마 새의 번식지와 월동지를 짐작하고 있었던 것으로 보인다.

계절에 따른 철새들의 이동과 관련해서는 몇 가지 설이 있다.

기나긴 진화의 과정을 거쳐 놀라운 비상의 힘을 지니게 된 새들 가운데 많은 종들이 먹이를 구하거나 둥지를 틀고 새끼를 키울 장소를 찾아서 계절 따라 먼 거리를 오가게 되었다. 이런 습성을 지닌 새를 철새라 부르고, 먼 거리 이동을 철새의 이동이라고 한다. 그러나 사실 새들의 이동을 명확하게 설명해 내기란 매우 어렵고, 다만 일정 시기가 되면 새들이 몸 안에 많은 에너지가 축적되어 이동하고자 하는 생리적 충동이 생기고 거의 정해진 시기에 정해진 코스로 수백~수천km의 먼 거리를 해마다 되풀이하는 것으로 생각한다.

요즈음 남산의 새들에게는 새로운 천적이 날로 늘어나고 있어 여간 우려되는 바가 아니다. 들개와 들고양이들이 관목의 새둥지를 습격하곤 해서 작은 새들의 번식에 좋지 않은 영향을 끼치고 있다. 한시바삐 이들을 줄이는 적극적인 방법을 강구하여 새들이 마음놓고 번식할 수 있게 해야 할 것이다.

농촌의 향취를 간직하고 있는 **대모산**

대모산(293m)은 구룡산(306m)과 연결되어 이루어진 주 능선이 동서로 달리면서 강남구와 서초구의 경계를 이룬다.

대모산은 강남구의 대규모 아파트단지 가까이 있고 경사도 비교적 완만해서 찾는 사람들이 많다. 인간의 간섭 같은 환경 스트레스가 상대적으로 덜한 남쪽 비탈에서 자곡동까지는 개발제한구역인데도 교수마을로 시작된 고급주택단지가 산자락을 모두 차지했고, 또 한쪽은 국가정보원이 자리잡고 있다.

여기서 헌릉로를 통해 서초구 염곡동으로 가면 다시 마을이 나타나는데, 이쯤 오면 이미 산자락의 상당 부분이 사라졌고 그나마 남아 있는 산자락까지 개발로 인해 사라질 운명에 놓여 있다.

북쪽 비탈에 있는 양재대로는 주변의 대규모 아파트단지와 이 산을 경계 짓고 있다. 하지만 삼성의료원 뒤편으로 새 아파트단지가 들어서고 광평로가 생기면서 새로운 경계가 지어지고, 그만큼 산의 규모는 줄어들게 된다.

저지대는 경사면에 따라 차이가 나는데, 북쪽의 저지대는 대부분 도시화지역이 되었지만 남쪽에는 도시화지역과 농경지가 번갈아 나타나고 그 사이사이로 조림지와 상수리나무숲도 고개를 내민다. 농경지는 거의 다 북쪽 비탈을 제외한 비탈들에 분포해 있으나, 북쪽에도 구룡마을 뒤쪽으로는 꽤 넓은 논이 있고 산자락에는 밭도 있다.

숲은 대개 아까시나무와 은사시나무 조림지로 시작된다. 그래도 상수리나무숲이 사람들을 처음 맞이하는 곳도 적지 않다. 이곳 상수리나무숲도

왕릉의 전형적 식생배치

능은 좌청룡의 의미로 왼쪽에서부터 물이 흐르고 뒷산을 배경으로 타고 내려와 앞산을 바라보는 자세를 취한다. 그리고 능 뒤쪽으로는 북 현무의 의미로서 소나무를 심는데, 소나무가 나이가 들면 껍질이 거북 등처럼 갈라지기 때문이다. 현무는 거북을 의미한다. 물이 능 왼쪽에서 앞쪽으로 흘러들기 때문에 능의 앞쪽은 습하므로, 이곳에는 습지에서 잘 자라는 오리나무숲을 조성한다. 능 주변의 숲에는 이런 풍수적인 의미가 담겨 있다 보니, 조선시대부터 능 주변의 소나무숲과 오리나무숲은 계속 보존될 수 있었다. 그러나 일제시대와 한국전쟁 당시 수탈되고 불에 타 현재는 그 일부만 남아 있다.

농촌지역의 전형적인 문화경관의 한 요소인 마을삼림처럼 매우 넓게 펼쳐져 있다. 조림지와 상수리나무숲 사이로는 리기다소나무 조림지가 모자이크처럼 숲을 이루었고, 잣나무와 일본잎갈나무(흔히 낙엽송이라고 부른다) 조림지도 드물지만 눈에 띈다.

북쪽 비탈은 상수리나무숲에 이어 신갈나무가 숲을 이루었으나, 남쪽은 좀 다르다. 저지대에는 상수리나무와 소나무 숲이 있고 이어 아까시나무 조림지, 굴참나무숲과 신갈나무숲이 모습을 드러낸다.

헌인릉 앞에는 널따란 오리나무숲이 자리잡고 있는데, 능을 중심으로 위쪽의 소나무숲과 아래

오리나무와 오리나무 수꽃

쪽의 오리나무숲은 조선시대 왕릉의 전형적인 식생배치를 말해 준다.

북쪽 비탈에도 구룡마을 뒤쪽의 논 주변에 오리나무숲이 있다. 나무의 굵기로 보아 나이도 꽤 먹은 듯하니 그만큼 신경 써서 보존해야 할 것 같다. 하지만 이 숲의 생태적 중요성을 제대로 깨닫지 못한 사람들은 오리나무를 기둥 삼아 체육시설을 만들고 숲 일부를 체육시설로 이용하는 등 숲의 장래가 심히 걱정된다.

행정당국이 진정으로 이 산을 보호하고 시민의 휴식공간과 자연학습원으로 활용하고자 한다면, 이곳은 매우 적합한 장소이다. 하지만 행정당국이 추진한 야생화 식재사업은 학술적인 검토를 무시한 채 식물을 도입하여, 장소에 어울리지 않는 식물이 퍼져나가 자연의 질서를 어지럽히고 인

위적 공간을 자연학습장이라 이름 붙여 미래세대에까지 그릇된 교육을 하는 우를 범하고 있다.

이보다는 이곳 오리나무숲처럼 의미 있는 자연을 발굴해서 보존대책을 세우고, 그 가치를 인식하지 못해 우매하게 훼손되는 것을 막는 지혜를 발휘해야 할 것이다. 더구나 기왕에 추진된 사업은 예산이 많이 필요한 데 비해, 후자는 그리 많은 돈을 들이지 않고도 효과는 배가할 수 있다. 자연을 보호하고 지키는 데는 돈을 들이는 사업만이 능사는 아니다. 오히려 자연에 대한 충분한 지식과 냉철한 판단력이 요구된다.

도심 속에서 물씬 풍기는 농촌 내음

그러면 구룡마을에서부터 생태를 둘러보기로 하자.

구룡마을에서는 농촌의 향취가 물씬 풍겨난다. 마을 어귀의 자그마한 논에 물을 가두어 키우고 있는 미나리꽝과 주변의 채소밭이 그렇고, 농로 옆으로 산자락에 붙어 있는 밤나무들이 또한 그러하다.

구룡마을을 지나 산 쪽으로 가면 또 다른 농촌경관이 펼쳐진다. 논이 경사진 곳에 있어 다랑논 같지만, 다랑논이라 하기에는 다소 큰 편이다. 논가의 비포장도로도 여느 농로와 다름없다. 그 옆의 개울에는 버드나무가 드문드문 서 있고 아래에는 고마리며 미꾸리낚시 따위가 어우러져 있다. 농로 옆에는, 길가에서 흔히 볼 수 있는 마디풀, 쑥, 질경이, 강아지풀, 향유가 제자리를 지키고 있다.

논에 벼가 자라는 동안에는 벗풀이나 물질경이 외에는 다른 식물을 보기 힘들다. 이는 잡초제거와 관련이 있는데, 과거에는 사람이 직접 잡초를 뽑았지만 지금은 대개 제초제를 쓰니까 많은 식물들이 함께 사라지기 때문이

논의 생태적 역할

논은 하천변의 범람원을 중심으로 형성되어 있다. 범람원은 주위에서 하천으로 들어오는 오염물질을 걸러주는 역할을 하며, 곤충·조류·양서류·파충류 등 다양한 생물의 생활환경이자 번식환경이다.

범람원이 논으로 바뀌면서 이런 고유의 기능이 많이 상실되었지만 그 일부를 논이  보유하고 있다. 또 인위적으로 논둑을 쌓아 물을 머물게 하기 때문에, 논은 수분보유 능력이 뛰어날 뿐 아니라 홍수조절 기능도 한다.

다. 그 한 예가 보풀이다. 게다가 곤충을 비롯한 동물의 농약피해는 훨씬 크다고 한다.

하지만 근래 대도시를 중심으로 그 주변의 논들이 시설농업지로 바뀌고 있는데 그와 비교해 볼 때 논의 생물상 유지기능은 높다. 특히 여러 생물의 번식환경으로 알려진 수계환경이 크게 부족한 서울의 현실을 감안하면, 논의 생태적 역할은 매우 소중하다.

논바닥 습한 곳에는 중대가리풀, 방동사니, 쇠털골 따위가 보이고, 다소 건조해진 제방 위에는 물억새, 쑥, 조팝나무가 자란다. 이른봄 모내기 전에 가면 둑새풀과 벼룩나물, 사마귀풀, 논냉이도 볼 수 있는데, 모두 일년생식

자작나무과의 물박달나무

물로 생활주기를 농사력에 맞추어서 모
내기 전까지 자신의 삶을 정리하고 후손
을 남길 준비도 해놓는다.

논을 지나 산으로 접어들면 은사시나
무와 아까시나무 조림지가 넓게 자리잡
았고, 그보다 규모는 작지만 리기다소나
무와 잣나무 조림지가 모자이크 모양으
로 조림지들 사이에 박혀 있다.

이 숲들을 지나면 특이한 풍경이 다가
온다. 야생화 꽃길이다.

본래 야생화란 자연상태에서 인간의
간섭 없이 스스로 위치를 선택하여 자연
에 자신을 맡기고 살아가는 꽃피는 식물
을 일컫는다. 그러나 여기 야생화들은
그 위치를 스스로 선택하지도 않았거니
와, 자연적으로 자리잡는 위치와도 다르
게 심어져 있다. 그래서 재배식물이라는 말이 더 어울린다.

쓸쓸한 기분을 뒤로하고 걸음을 계속 옮기니 비로소 숲다운 숲이 맞이한
다. 신갈나무숲 속으로 눈길을 던지면 어느덧 도시에서 멀리 떨어진 곳에
와 있는 듯하다. 그만큼 숲이 울창하다.

숲속 계곡에는 흰 줄기를 드러낸 나무들이 제법 무리를 지어 서 있다.

가까이 다가가서 보니 줄기를 덮고 있는 하얀 껍질이 겹겹이 포개져 있
고, 끝이 뾰족하고 둥글게 생긴 잎의 가장자리 결각은 복잡하게 파여 있다.

물박달나무이다. 순전히 물박달나무로 넓게 숲을 이룬 경우는 드물지만, 신갈나무숲 사이의 계곡을 중심으로 무리를 이룬다.

인간의 만용이 빚어낸 때죽나무숲

숲을 지나 구룡산과 대모산이 이어지는 주 능선 쪽으로 가면 역시 신갈나무숲이 나타난다. 그러나 속내용은 좀 전의 신갈나무숲과 다르다. 숲속에 중간키나무가 빽빽이 들어차 어둠침침하다.

주 능선으로 가는 가파른 경사지를 오르기 전에 힘을 모으라는 배려인지, 주변에 넓은 쉼터가 마련되어 있다. 하지만 이 쉼터는 쉼터 역할에만 그친 게 아니라 이처럼 숲을 변화시켜 놓았다. 인간의 간섭으로 생긴 틈 사이로 많은 빛이 들어오면서 생긴 변화일 것이다.

때죽나무의 꽃. 인간의 간섭이 잦거나 대기오염이 심한 지역에는 어김없이 때죽나무가 순림을 이룬다.

팥배나무와 열매. 꽃은 흰색이며 꽃잎은 다섯 장이다.

중간키나무들은 줄기가 매끈하고 어린 가지의 얇은 겉껍질은 쉽게 벗겨지고, 봄이면 하얀 꽃이 곱게 고개를 숙여 탐스럽게 피어난다. 결실률도 좋아 종자 또한 많이 열린다. 생식에 이처럼 많이 에너지를 투자하는 것을 보니 필시 천이 초기종일 것이다. 때죽나무이다.

심한 대기오염으로 생태계가 크게 훼손된 여천공업단지에 가면 때죽나무 순림이 넓게 자리잡고 있다. 만성적인 대기오염과 인간간섭이 심한 대도시나 인위적인 간섭이 잦은 삼림에서는 흔히 볼 수 있는 숲이다. 결국 인간의 간섭으로 마련된 쉼터와 서울의 대기오염이 이곳에 때죽나무를 번성시킨 것이다.

주 능선을 오르는 등산로에는 사람들의 발길이 잦은 흔적이 곳곳에 드러난다. 그 한 가지가, 관악산 등산로 주변과 마찬가지로 상수리나무들이 자주 눈에 띄는 점이다. 구룡산 방향의 등산로로 접어들어서 조금 가면 너무나 다른 신갈나무숲이 나타난다. 숲속이 어두울 정도로 나무가 빽빽하다. 문제의 팥배나무이다. 그래서인지 바닥에 보이는 식물의 종류는 빈약할뿐

더러 이러한 모습을 보이는 숲의 규모 또한 여느 산들보다 넓다.

머지않아 팥배나무가 신갈나무를 쫓아내고 이 숲을 차지할 태세이다. 숲, 아니 삼림생태계 전체의 질서가 깨어지고 있다.

장미과의 팥배나무는 때죽나무처럼 많은 꽃을 피우며 결실률도 좋아 열매도 많이 열린다. 팥과 비슷한 색깔의 열매를 자세히 들여다보면 배처럼 돌세포가 점점이 박혀 있다. 그래서 이름이 팥배나무인 것 같다.

구룡산 꼭대기가 가까워지면서 남쪽과 북쪽 비탈의 숲은 모습을 달리한다. 남쪽에는 굴참나무숲이, 북쪽에는 신갈나무숲이 자리잡아서, 식생분포를 비교해 보기 안성맞춤인 곳이다.

우점종뿐 아니라 숲바닥에 자라는 식물의 종류도 다르다. 남쪽에서는 꽃며느리밥풀, 새, 뚝갈, 삽주, 마타리, 큰까치수영이 자주 보이고 북쪽 비탈에는 애기나리, 큰기름새, 단풍취 등이 흔하다.

꼭대기에서 내려오다가 다시 조림지를 만난다. 처음 만나는 아까시나무숲의 바닥에 각종 참나무가 우세한 걸 보니 이 숲도 조만간 제 모습을 되찾을 것 같다.

참나무들도 비탈 위쪽에서는 신갈나무가 우세하고 아래로 갈수록 졸참나무와 갈참나무가 우세해진다. 대개 갈참나무는 계류에 인접한 개활지에

마타리

숲을 이루는데, 서울에서는 비원과 청계산, 불암산 자락의 태강릉 주변 등에서 볼 수 있다. 하지만 산지 저지대가 거의 개발지로 편입된 대도시에서는 좀처럼 보기 힘들다.

발길을 북쪽 비탈 쪽으로 돌려 내려오면 리기다소나무가 숲을 이루고 있다. 숲 사이로 저 너머 건물들이 보이는 데 이르니, 숲속은 온갖 쓰레기로 어질러져 있다. 그러니 여름철이면 모기천지가 된다. 하지만 식물의 종류

외래식물과 귀화식물

인간의 간섭 때문에, 기온·강수량·토양 등 자연환경 특성에 의해 정해진 분포지를 벗어난 지역에서 살고 있는 식물을 외래식물이라 한다. 그리고 외래식물로서 자연상태에 정착하여 독자적인 영역을 확보한 식물을 귀화식물이라고 하는데, 이는 한국과 일본에서만 사용하는

미국자리공

용어이다. 외래식물은 자연적 분포지를 기준으로 판단하며, 식물 중에는 분포범위가 매우 넓은 종도 있다. 따라서 인위적으로 정해진 국경선은 충분한 판단근거라 할 수 없다.

외래식물 확산의 문제점은 환경의 균형유지 여부와 밀접한 관계가 있다. 자연상태의 생물들은 고유 영역을 확보해서 환경과의 균형과 상호간의 균형을 유지하며 살아간다. 이 균형이 흐트러진 곳에 외래종이 침입한다. 균형을 이룬 상태에서 각 종은 자신의 영역을 지켜 다른 종의 영역확장을 견제한다. 함께 살고 있는 생물들은 서로의 성질과 전략을 알기 때문에 견제가 가능한 것이다. 그러나 균형이 깨진 틈을 이용해서 침입한 외래종의 성질과 전략은 기존의 생물들이 알지 못하기 때문에 견제가 불가능하다. 그래서 외래종은 영역을 쉽게 넓혀나갈 수 있고, 이런 과정이 계속되면 불균형이 심해져서 심각한 환경훼손으로 이어질 수 있다.

갈참나무는 짙은 갈색의 잎이 크고 잎자루가 길며 잎 표면에는 왁스층이 발달해 있다.

는 볼품이 없다. 지나친 인간간섭에 버텨낼 수 있는 식물만 남은 셈이다. 주름조개풀이 마치 터줏대감인 양 떡 버티고 있고, 애기나리 그리고 미국 자리공·서양등골나물 같은 외래종도 심심찮게 보인다.

　어떤 사람들은 애기나리를 자연성이 높은 숲에 나타나는 식물이라 하여 애기나리의 출현 자체만으로 그 숲의 자연성을 높게 평가하는데, 이는 잘 못된 생각이다. 애기나리는 안정된 활엽수림에 나타나는 종이지만, 다른 종이 없이 애기나리만 번성하는 것은 생태적으로 결코 바람직하다고 볼 수 없기 때문이다. 어떤 한 종이 집중적으로 나타나는 것보다는 여러 종이 함께 출현하는 것이 자연의 측면에서는 바람직하다.

애기나리

물론 그렇다고 해서 많은 종의 출현이 무조건 좋은 것은 아니다. 얼마 전에 나는 북한산의 식물상과 식생을 조사하였는데, 그곳에는 출현 종의 양극화 현상이 나타났다. 습한 저지대가 도시화지역으로 편입되거나 인위적인 간섭이 지나쳐서, 습한 지역에서 자라는 식물들은 많이 사라진 반면에 인간의 잦은 발길에 붙어 들어온 외래종

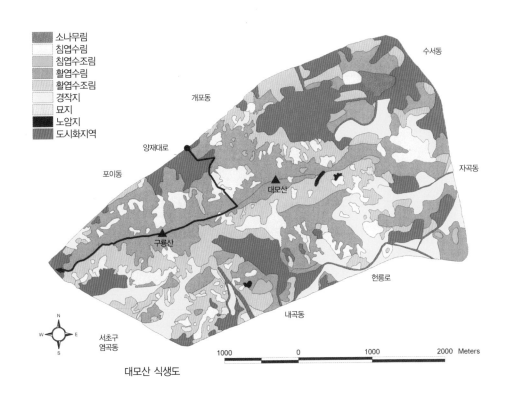
대모산 식생도

은 늘어나 전체적으로 출현종이 증가하는 추세였다. 이 경우에는 종수의
증가를 결코 긍정적으로 해석할 수 없다.

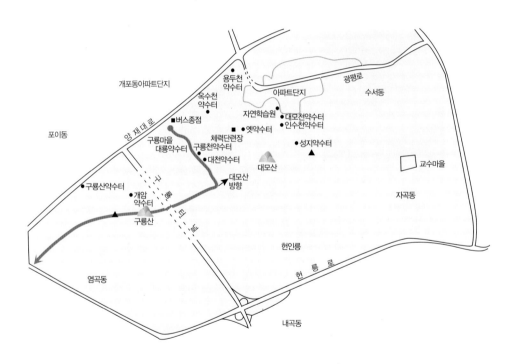

대모산 안내도

붉은머리오목눈이와 둥지

대모산에는 28종의 조류와 6종의 포유류가 서식하는 것으로 알려져 있는데, 도로를 사이에 두고 주변의 숲들과 단절되어 있어서 야생동물이 빈약한 편이다.

조류로는 박새류와 멧비둘기, 꿩, 붉은머리오목눈이, 노랑턱멧새, 까치 등 텃새(19종)가 가장 많으며, 다음으로 흰눈썹황금새, 산솔새, 꾀꼬리, 흰배지빠귀, 뻐꾸기 등의 여름철새(8종)가 있다. 겨울철새는 노랑지빠귀 한 종밖에 없다. 하지만 천연기념물로 지정되어 있는 소쩍새를 관찰할 수 있다.

약사사 입구는 등산객의 잦은 발걸음으로 관목이나 초본류 같은 하층식생이 많이 훼손되었지만, 그 외 지역은 군사시설로 일반인의 출입이 제한되어 숲이 잘 유지되고 있는 편이다. 하지만 전체적으로 계곡이 발달해 있지 않고 숲이 제거된 부분이 많아서 야생동물의 서식환경이 좋다고는 할 수 없다.

다만 하층식생이 비교적 잘 보전되어 있는 동부여자기술원 부근 숲에서 흰눈썹황금새와 산솔새를 볼 수 있으며, 자곡동 입구에는 알락할미새가 있다.

박새와 쇠박새는 분류학적으로 매우 가까운 관계이면서도, 먹이를 찾고 둥지를 틀 장소를 놓고 경쟁하는 사이이다. 이들의 생태를 살펴보면 재미있는 사실을 발견할 수 있다. 먹이가 풍부한 번식기에는 둘 다 나뭇잎에 있는 벌레들을 잡아먹지만, 가을로 접어들면서 벌레들이 줄어들면 서로 달라진다.

쇠박새는 까치박달과 새우나무 등의 씨앗을 많이 먹으며, 겨울을 나기 위해 나무 틈에 이 씨앗들을 부지런히 저장해 놓았다가 겨우내 나무줄기나 굵은 가지에서 먹이를 찾아먹는다. 그러나 박새는 나무줄기에 들러붙어 있는 벌레들을 주로 잡아먹으며 겨울에는 나무줄기나 땅바닥에서 먹이를 주워먹는다. 이처럼 먹이가 부족한 가을과 겨울철에는 먹이를 구하는 장소를 달리하여 경쟁을 피함으로써 더불어 살아가는 것이다. 주어진 자연 조건과 환경에 대한 참으로 뛰어난 적응이 아닐 수 없다.

박새

박새류는 주로 나무구멍에 둥지를 틀지만, 돌담의 틈이나 인가 건물 등에서도 이따금 둥지를 발견할 수 있다. 그러면서도 박새류는 인공새집을 매우 잘 이용하기 때문에, 나무구멍이 별로 없는 지역에서는 인공새집을 달아주면 박새를 찾아오게 할 수 있다. 또 야생조류들에게 가장 힘든 겨울철에는 인공 먹이대를 설치하고 곡식이나 씨앗들을 뿌려놓으면 이들을 쉽게 관찰할 수 있는 숲으로 가꾸어나갈 수 있다.

박새류는 이끼류를 많이 사용하여 밥그릇 모양으로 둥지를 틀며, 알 낳는 자리에는 동물의 털이나 나무껍질, 깃털, 솜 따위를 깐다. 특히 박새는 나무에 피해를 주는 해충을 잡아먹기 때문에 숲을 건강하게 유지하는 데 도움이 된다.

대모산은 주변에 청계산과 우면산이 있음에도 도로와 건물 등에 의해 완전히 고립되어 있어 야생동물이 빈약하고 그나마 있는 동물들도 제대로 생활하기 어려울 뿐 아니라, 종종 차에 치여 죽는 등 생명마저 위태롭다. 이제 우리나라에서도 도로를 닦을 때는 야생동물들이 마음놓고 이동할 수 있는 생태이동 통로를 마련해 주는 배려를 해야 한다고 생각한다.

대모산에는 들개와 들고양이를 빼면 다람쥐 · 등줄쥐 · 흰넓적다리붉은쥐 · 두더지 같은 작은 동물들만 살고 있다.

두더지는 주로 땅속의 곤충 등을 먹고 살기 때문에 두더지가 지나간 곳은 흙이 불룩 솟아올라 있다. 1년에 한 차례, 5월 하순~6월 상순에 2~4마리의 새끼를 낳으며, 시력은 퇴화했지만 후각과 촉각 · 청각이 매우 발달해 있다.

자연의 모습을 되찾고 있는 **북한산**

서울의 북쪽에 있는 북한산은 평강분수령에서 갈라져 나온 광주산맥의 남단부에 해당하며, 남서방향으로 뻗은 타원형의 산지를 이루고 있다. 1983년 4월 2일에 15번째 국립공원으로 지정되었다.

북한산지역은 크게 사패산 · 도봉산 · 우이령으로 이어지는 도봉산과 백

운대 · 만경대 · 보현봉으로 이어지는 북한산으로 나뉘며, 주 능선은 대체

로 남북방향으로 내달린다. 전체적으로 산의 저지대는 도시화지역으로 거

5월이면 꽃을 활짝 피우는 아까시나무의 꽃과 수피(왼쪽), 씨앗(오른쪽)

의 바뀌었지만 채마밭도 간간이 보이고, 국립공원 경계 바깥의 농경지 근처에 있는 개울가에는 습지 주변에서 볼 수 있는 오리나무숲의 흔적도 있다. 비록 숲의 꼴을 갖추지는 못했지만, 주위를 돌아보면 본래의 오리나무숲을 이루는 버드나무, 쥐똥나무, 찔레꽃, 물봉선, 고마리, 미꾸리낚시가 인간의 간섭이 줄어들었을 때 다시 모일 채비를 하고 있다. 그래도 시골의 정취를 느낄 수 있는 곳이다.

북한산에서도 아까시나무숲이 가장 먼저 눈에 띈다. 아마 넓게 퍼져 있기 때문일 것이다. 5월 무렵 꽃이 만발했을 때는 온 산이 아까시나무로 뒤덮인 듯하다.

숲바닥에서 고유의 참나무들이 무성하게 자라는 것을 보니, 인간의 조급함만 누그러뜨린다면 머지않아 이들이 숲을 이룰 수도 있으련만. 함께 어울려 있는 작살나무, 국수나무, 산초나무, 큰기름새, 그늘사초, 맑은대쑥 등도 우리나라 고유의 숲에서 자라는 식물들과 크게 다르지 않다. 그러나 부질없는 사람들의 손을 탄 곳에 이르면, 싹을 틔운 아까시나무들이 여기 저기서 자신들의 존재를 알리고 있다.

사실 지난날 황폐했던 삼림을 생각하면, 아까시나무만큼 고마운 나무도 없다. 그 시절 헐벗은 산들의 씻겨나가는 흙을 아까시나무가 붙잡아주지 않았던들, 지금과 같은 삼림을 어떻게 가질 수 있었겠는가. 그럼에도 사람들은 지금의 모습만 놓고 이런 식의 조림은 잘못된 것이라고 비판한다.

기다림의 미덕

비판은 그러한 조림이 생태학적인 고려가 뒷받침되지 않았다는 것이다. 나 또한 생태학을 전공한 사람이지만 이런 의견에 동의하고 싶지 않다. 내가 보기에는 당시로서는 생태학적 고려가 충분히 되었다고 판단된다. 왜냐하면 지난날의 헐벗은 산은 천이 초기단계로서 이때는 아까시나무 같은 콩과식물이 천이의 진행에 중요한 역할을 하기 때문이다.

더구나 지금 아까시나무숲들은 자신의 역할을 다하고 우리 고유의 나무들에게 그 역할을 넘겨줄 준비를 하고 있다. 우리가 조급하게 굴지만 않는다면, 얼마 안 가 아까시나무숲은 스스로 뒤로 물러나고 우리 고유의 숲으로 바뀔 것이다. 그러나 벌목작업 등 인위적으로 아까시나무들을 없애버린다면, 이는 오히려 천이단계를 후퇴시켜서 아까시나무를 다시 불러들이는 결과를 가져올 것이다. 기다림의 미덕이 발휘되어야 할 대목이다.

아까시나무숲 사이로 키가 크고 하얀 은사시나무들이 숲을 이룬 조각이 언뜻언뜻 보인다. 은사시나무 역시 아까시나무처럼 빨리 자라기 때문에 과

천이 초기종과 후기종

천이 초기종은 맨땅처럼 열악한 환경에 자리잡고 견딜 수 있는 형질을 지닌 종을 말한다. 대개 번식에 많은 투자를 하는 것으로 알려져 있으며, 종자는 주로 바람에 의해 흩어진다.

척박한 장소에서 살아가야 하기 때문에 콩과식물처럼 미생물과 공생하여 공중질소를 고정할 수 있는 종류가 많다. 도로변 절개지에서 흔히 발견되는 칡, 참싸리, 비수리 등이 천이 초기종의 콩과식물이다. 그러나 천이 초기종은 환경이 안정되어 많은 종이 정착할 수 있는 장소에서는 수명이 짧고 경쟁력이 뒤진다.

천이 후기종은 고정한 에너지의 많은 양을 꽃·열매 같은 생식기관보다 잎·줄기 등 영양기관에 투자하는 식물이다. 그래서 초기종과 달리 빛이 부족한 곳에서도 살 수 있으며, 수명이 길고 많은 종이 정착할 수 있는 안정된 환경에서도 경쟁력을 발휘한다.

거의 황폐한 숲들을 빠르게 회복하기 위해 심은 것이다. 하지만 은사시나무도 천이 초기종인지라 바닥에 자리잡은 참나무들이 자라나서 서로 경쟁하게 되면 자연도태될 것이다.

산자락에서 중턱에 이르는 작은 능선에는 소나무보다 리기다소나무가 더 자주 눈에 띈다. 생육상태가 썩 좋지는 않아 보이지만, 아무튼 리기다소나무숲 또한 헐벗은 산을 지켜주었다.

나는 연구년에 미국에 머무는 동안 자연적으로 생겨난 리기다소나무숲을 조사할 기회가 있었는데, 그곳의 생태적 조건이 우리나라의 소나무숲이 있는 장소와 매우 비슷함을 확인할 수 있었다. 이런 점에서 능선을 중심으로 조성된 리기다소나무숲도 생태적 고려가 뒷받침되었다고 볼 수 있다.

게다가 이곳 리기다소나무숲은 겉은 외래종이 주류를 이루지만 그 내부는 우리의 고유종들이 함께 어우러져 미래를 밝게 해준다. 신갈나무며 산초나무, 큰기름새, 굴참나무, 참싸리, 새, 쌀새, 김의털, 땅비싸리 등이 눈에 띈다.

다시 발길을 돌려 계곡 옆으로 난 등산로를 따라 올라가면 병꽃나무, 갯버들, 국수나무, 달뿌리풀, 물푸레나무, 화살나무가 맞이한다.

하지만 성글게 자라고 있는 것이, 아마 이 또한 골짜기를 지나치게 간섭한 것과 무관하지 않을 것이다.

사실 얼마 전까지만 해도 이런 골짜기들은 행락객과 그들을 맞이하는 상업시설 천지였다. 그러다가 국립공원관리공단의 노력으로 이제 비로소 본래의 모습으로 돌아가려는 참이다. 지금은 듬성듬성 자라고 있으나, 조만간 그 모습을 되찾을 것을 믿어 마지않는다.

북미지역이 원산지인 리기다소나무의 숲. 우리나라에서는 일제시대 때 많이 들어와서, 흔히들 왜솔이라고 부른다.

좀더 올라가면, 비록 숲의 모습은 갖추지 못했지만 느티나무가 숲을 이룬 흔적이 보이고, 졸참나무도 조금씩 숲을 이루었다. 느티나무숲의 흔적이 있는 곳 주변에는 약수터가 심심찮게 보인다. 등산객의 갈증을 풀어줄 약수 한 모금의 소중함을 모르는 바 아니지만, 그래도 우리는 이 물에만 목매고 있는 야생생물들을 생각해야 한다.

국립공원관리공단의 노력으로 원래의 모습을 되찾고 있는 정릉계곡

　이제 이런 샘들을 본래의 주인에게 돌려주어야 하지 않을까. 그럴 때만이
이 물을 먹고 자란 야생생물들은 다른 유형의 청량감을 우리에게 안겨줄
것이다.

파란 물이 우러나는 물푸레나무

　계곡의 등산로를 따라가다가 계류변에서, 줄기에 얼룩무늬를 두르고 뿌
리를 절반쯤 드러낸 나무를 만나게 된다. 나무에 관심이 있는 사람이면 아
마 한눈에 알아볼 수 있을 것이다. 물에 담그면 파란 물이 우러난다 하여

물푸레나무라는 이름이 붙었다. 물푸레나무의 줄기를 자세히 들여다보니, 아래쪽 갈라진 틈에서 새로운 뿌리가 나고 있다. 계곡의 상대습도가 높을수록 이런 현상은 더 뚜렷해진다.

고개를 들어 산중턱을 보면 신갈나무숲이 눈에 들어온다. 신갈나무의 영어이름을 우리말로 옮기면 몽고참나무이지만, 몽고보다는 우리나라에서 순림을 이룬다.

신갈나무는 열매맺기에 풍년주기가 있어 해거름이 뚜렷하다. 생식은 종자를 만드는 유성생식에만 의존하지 않고 내적·외적 자극에 반응하여 싹을 틔워서 자손을 남기는 무성생식도 병행한다.

그리고 신갈나무와 떡갈나무는 참나무의 일종이면서도 생태적으로 뚜렷이 구분된다. 신갈나무는 산 전체에 고르게 분포하지만, 떡갈나무는 남쪽 비탈에만 분포한다.

특히 임상에 조릿대가 번성하여 종자의 발아와 정착이 여의치 않은 장소나 산지의 능선처럼, 환경이 열악한 곳에서는

물푸레나무. 잎은 작은 잎 여러 장이 모여 하나로 이루어진 복엽이며, 열매는 곤충날개처럼 그물 모양의 날개를 달고 있다.

참나무 구별

참나무는 갈참나무, 졸참나무, 상수리나무, 떡갈나무, 굴참나무, 신갈나무 6종류가 있으며, 그 외 이들이 서로 교잡하여 생긴 종류도 있다. 6종의 참나무는 몇 가지 형질로 쉽게 구별된다. 우선 잎을 보면 갈참나무·떡갈나무·신갈나무는 크지만, 상수리나무와 굴참나무의 잎은 좁고 길다. 그리고 잎이 큰 종류에서 갈참나무는 잎자루가 길고 떡갈나무와 신갈나무는 잎자루가 거의 없을 정도로 짧으며, 떡갈나무 잎은 양쪽에 털이 나 꺼칠꺼칠하지만 신갈나무는 주로 뒷면이 털이 많아 꺼칠꺼칠하고 앞면은 매끄럽다. 또 굴참나무는 뒷면에 털이 많이 나 있고 흰색이지만 상수리나무는 연두색이며, 상수리나무와 달리 굴참나무 줄기는 코르크층이 두툼해서 푹신푹신하다. 한편 졸참나무는 다른 것과 비교하여 전반적으로 잎의 크기가 작다.

두번째로, 분포가 다르다.

갈참나무는 비원과 태강릉에 남아 있는 숲처럼 하천과 산지의 경계에 숲을 이룬다. 졸참나무는 주로 계곡 중에서도 평소에는 물이 없다가 비가 올 때 며칠만 물이 흐르는 정도의 습기를 유지하는 곳에 숲을 형성하는데, 북한산·관악산 등지에 작은 규모가 있고 광릉이나 중부 이남으로 가면 숲이 넓어진다. 떡갈나무와 굴참나무는 주로 남쪽 비탈에 숲을 이룬다. 떡갈나무의 경우에는 전국적으로 순림이나 어른 나무를 보기 어렵고 서울에서는 청계산 옥녀봉 주변에 산불 후 형성된 숲이 있다. 굴참나무는 청계산·북한산·불암산 등지의 바위가 부분적으로 드러나거나 큰돌이 쌓인 곳에 숲을 이룬다. 상수리나무숲은 전통적인 마을의 뒷동산에서 쉽게 볼 수 있으며, 서울의 산들에서는 중턱 이하에서 주로 발견된다.

무성생식이 우세하다. 이런 번식방식을 비롯하여 우리나라의 불균일한 강우형태와 보수력이 낮은 토양특성 등을 고려해 보면, 신갈나무는 천이 후기종이라 할 수 있을 것이다.

신갈나무숲은 당단풍, 마가목, 생강나무 등의 아교목층과 철쭉꽃, 노린재나무, 개암나무 등의 관목층 그리고 단풍취, 대사초, 애기나리 등과 같은 초본층을 품고 있는 전형적인 4층구조의 숲으로 알려져 있다. 하지만 북한

미선나무

물푸레나무과의 미선나무는 전세계에 1속 1종만 존재하는 우리나라 특산식물이다. 열매의 모양이 부채와 같다고 해서 이름이 미선나무이다. 많은 꽃이 피고 종자도 많이 열리지만 종자발아율이 매우 낮아 기능이 거의 퇴화된 듯하다. 그 대신 영양번식에 의존한다. 무리를 이룬 집단의 내부에서는 땅속줄기를 통해 자손을 낳고, 그 가장자리에서는 줄기의 휘묻이를 통해 새로운 개체를 만들어낸다. 충북 괴산과 영동, 전북 부안 등지가 자생지로 알려져 있으며, 서울에서는 북한산의 효자리 계곡에 자생한다. 꽃이 화려해서 원예식물로 개발되어 많이 심어지고 있다.

산의 신갈나무숲은 이와 달리 군데군데 아교목층은 팥배나무로 뒤덮였고 그 아래 관목층과 초본층의 식물종류도 매우 빈약하다.

앞에서도 말했지만, 도시지역의 불균등한 녹지분포와 과도한 에너지사용이 빚어낸 새로운 삼림쇠퇴 유형이라 할 수 있다. 올라갈수록 이런 현상은 더 심해지지만, 산등성이를 넘어 경기도 쪽으로 접어들면 좀 덜하다가 골짜기에 이르면 사라진다.

신갈나무숲을 빠져나와 능선에 가까워질수록 신갈나무와 소나무가 섞인 혼합림이 나온다. 예전에는 이러한 혼합림이 더 넓었지만, 땔감용 벌목이라든가 인위적인 간섭이 크게 줄어들면서 천이가 진행되어 지금은 신갈나

작은키나무의 붉은병꽃나무

무를 비롯한 활엽수림으로 바뀌었다.

혼합림지역을 지나면 곳곳에 바위가 드러난 지대가 나오는데, 이런 곳에서는 소나무숲이 우세하다. 물론 소나무숲의 아래에도 신갈나무가 있지만 생육상태가 몹시 좋지 않아 키가 고만고만하다. 아마 봄철의 극심한 가뭄 탓일 게고 양분부족도 한몫 했을 것이다.

그 밖에 전형적인 작은키나무인 참싸리, 붉은병꽃나무, 산앵도를 비롯하여 애기며느리밥풀, 꽃며느리밥풀, 돌양지꽃 같은 풀들이 자주 눈에 띤다.

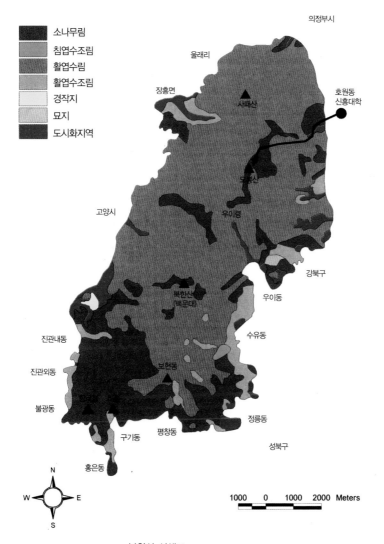

| 소나무림 |
| 침엽수조림 |
| 활엽수림 |
| 활엽수조림 |
| 경작지 |
| 묘지 |
| 도시화지역 |

의정부시

울래리

장흥면

호원동
신흥대학

사패산

도봉산

고양시

우이령

강북구

북한산
(백운대)

우이동

진관내동

수유동

진관외동

보현동

불광동

정릉동

구기동

평창동

성북구

홍은동

N

W   E

S

1000   0   1000   2000 Meters

북한산 식생도

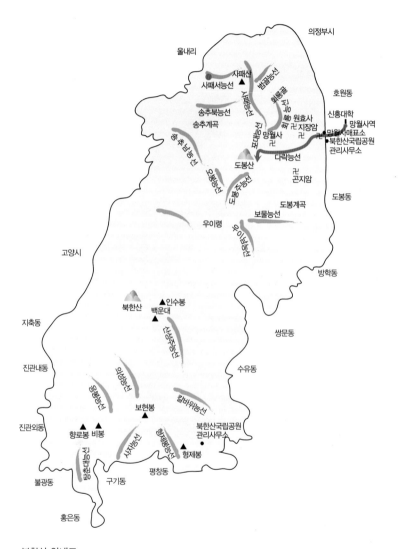

의정부시

울내리

호원동

사패산 ▲
사패서능선

범골능선

송추북능선
송추계곡

원효사
지장암

신흥대학
망월사역
망월사매표소
북한산국립공원
관리사무소

망월사

도봉산

다락능선

곤지암

도봉동

보물능선

우이령

도봉계곡

방학동

고양시

북한산 ▲
백운대

▲ 인수봉

쌍문동

지축동

수유동

진관내동

칼바위능선

진관외동

보현봉 ▲

북한산국립공원
관리사무소

향로봉 ▲ ▲ 비봉

형제봉 ▲

불광동

구기동

평창동

홍은동

북한산 안내도

오색딱따구리

　북한산에는 44종의 조류와 16종의 포유류가 서식하고 있다.

　조류로는 박새 · 쇠박새 · 흰눈썹황금새 · 쇠유리새 같은 삼림성 조류를 비롯하여, 계곡이 발달한 곳에는 검은댕기해오라기 · 알락할미새 · 백할미새 · 굴뚝새 · 원앙 등이 살고 있다.

　직박구리와 딱새, 멧비둘기는 비교적 쉽게 볼 수 있고, 간혹 때까치와 바위종다리도 보인다. 물가에 서식하는 쇠백로, 왜가리, 중대백로, 해오라기도 이곳에 살고 있다.

　특히 숲이 잘 보존되어 있어서 쇠딱따구리, 청딱따구리, 오색딱따구리, 큰오색딱따구리 같은 각종 딱따구리들을 심심찮게 볼 수 있으며, 계절에 따라 붉은뺨멧새, 쏙새, 후투티, 큰부리까마귀, 개똥지빠귀도 관찰할 수 있다. 그리고 황조롱이(천연기념물 323호)와 소쩍새(천연기념물 324호), 보호야생동물 새홀리기도 살고 있다.

　도시의 아파트건물에서도 번식을 하는 황조롱이는 겨울이 되면 번식을 하러 무리를 지어 산에서 들로 내려오기 때문에 흔히 볼 수 있으나, 여름에는 들에서 보기 어렵다.

　황조롱이는 먹이를 찾아 공중을 돌다가 일시적으로 정지비행을 하는 습성이 있다. 심하게 날갯짓을 하며 직선으로 날다가도 이따금 날개를 편 채로 날갯짓을 하

황조롱이

지 않고 상승기류를 이용해서 날면서 땅 위의 먹이를 노리는 것이다. 혼자서 혹은 암수가 함께 생활하며 "키, 키, 키" "킷, 킷, 킷" 소리를 낸다.

황조롱이는 자기 둥지를 틀지 않고, 말똥가리나 새매의 둥지를 빌려쓰거나 흙이 쌓인 강둑의 오목한 구멍에 집단으로 번식하기도 한다. 주로 들쥐나 두더지, 작은 조류와 파충류, 곤충을 잡아먹으며, 청계산에서는 주변의 농경지에서 먹이를 구하는 황조롱이의 모습을 간혹 볼 수 있다.

봄날 숲을 거니노라면 새들의 아름다운 지저귐이 귀를 간질인다. 다른 동물들과 달리 새들은 목 부위에 명관(鳴官)이 있어서 갖가지 소리를 낼 수 있으며, 특히 작은 새일수록 복잡하고 아름다운 소리를 잘 낸다.

작은 새들은 늘 수풀이 우거진 곳에 몸을 숨기고 있기 때문에, 서로의 위치를 확인하거나 짝을 부르려면 전달이 잘되는 울음소리가 필요하다. 그러나 새 울음은 이런 신호전달 이외에도 세력권을 유지하기 위한 기능도 한다.

주로 수컷이 울음소리를 내지만 할미새사촌이나 밀화부리, 멧비둘기는 암컷도 작은 소리를 낸다. 또 방울새는 세력권 방어용과 구애용의 소리가 다른가 하면, 까마귀나 딱따구리류처럼 소리다운 소리를 내지 못하는 새도 있다. 그래서 까마귀나 딱따구리는 큰 신호소리나 나무를 두드리는 소리, 날갯짓 소리, 몸 흔드는 소리 등으로 자신의 존재를 알린다. 또 노랑때까치는 다른 새들의 울음소리들을 비슷하게 조합하여 자신의 소리를 내는데, 그 수가 10여 종이 넘어서 백설조라 불리기도 한다.

이런 울음소리 외에도 새들은 상대방과 연락을 취하거나 천적의 접근을 알리고 상대방을 위협하기 위한 신호소리를 낸다.

포유류는 다람쥐, 오소리, 너구리, 족제비, 고슴도치, 멧토끼, 등줄쥐, 두더지, 큰박쥐, 멧박쥐, 집박쥐, 노루, 삵 등 모두 16종이 살고 있다.

대형 포유류에 속하는 노루는 우리나라 전역에 고루 분포해 있으며, 서식지 또한 숲이 많은 평야지대나 해안, 야산, 고산지대 등 비교적 넓다. 노루는 변화된 서식환경에 대한 적응력이 강한 편이기 때문에, 때에 따라서는 농경지나 풀밭에도 나타난다.

완전 초식성이지만, 먹이의 선택성이 아주 강해서 특정한 먹이만 주로 먹는다. 이것은 노루의 되새김위와 밀접한 관계가 있는데, 되새김위의 크기가 작고 박테리아의 수가 적어서 섬유질 분해능력이 낮기 때문이다. 그래서 거친 먹이보다는 소화가 잘되는 어린 눈이나 열매를 주로 먹는다. 늦겨울에는 어린 나무 줄기나 순을 먹고, 이른봄에는 버드나무나 개비자나무의 어린 가지나 조릿대의 어린잎을 먹는다.

주로 새벽에 활동하지만, 노루는 되새김위가 작은 대신 저장 위가 크기 때문에 자주 먹어야 하고 또 몸무게에 비해 먹는 양이 많아서 낮에도 자주 돌아다닌다. 하루중 이동거리가 매우 긴 동물로 알려져 있다.

겨울에는 고지대에서 내려와 바람이 불지 않고 햇볕이 잘 드는 숲속의 공터에서 주로 생활하며, 이따금 주변의 야산이나 보리밭 근처에도 모습을 보인다.

수컷만 뿔이 나는데, 10~11월에 뿔이 떨어지면 12~1월에 다시 나기 시작하여 해마다 뿔 갈이를 한다. 뿔이 나기 시작해서 두세 달쯤 지나면 뿔이 다 자란다. 이 무렵이 되면 작은 나뭇가지에 뿔을 문질러 뿔을 둘러싸고 있는 껍질을 벗겨내면서 더불어 영역표시도 하는 모습을 볼 수 있다.

부처의 모습을 닮은 **불암산**

불암산(508m)은 옛 양주고을 남쪽 40리 거리에서 수락산의 남쪽으로 이어져 서울시 노원구 상계
동·중계동·하계동·공릉동과 경기도 남양주시 별내면 화접리와 경계를 이룬다. 남북으로 달리는
불암산의 주 능선이 서울과 경기도 남양주의 경계를 이룬다.

불암산이라는 이름은 큰 화강암으로 이루어진 봉우리가 마치 송낙을 쓴
부처의 형상 같다 해서 붙여졌다. 그래서인지 남쪽기슭의 불암산폭포·석
천암·불암사·불암굴·학도암, 서쪽기슭의 정암사·양소암 등 사찰과 암

자가 많다.

　서울을 향한 서쪽 비탈은 대규모 아파트단지 등 도시화지역으로 둘러싸여 있지만, 북쪽은 수락산의 자연녹지로 이어진다. 남쪽에도 한전연수원, 서울여자대학교, 태릉선수촌, 삼육대학교 등이 들어서 있으나 고밀도 개발이 아니어서 훼손이 그리 심한 편은 아니다.

　그럼에도 근래 공릉동을 중심으로 대규모 아파트단지 조성사업이 바로 산 밑까지 추진된데다 그린벨트 규제완화에 대한 그릇된 해석으로 이 지역에까지 개발의 손길이 미치고 있어 심히 우려된다.

삼육대학교 주변의 오리나무숲

　동쪽 또한 도시화가 많이 진행되지 않아 산지의 저지대가 비교적 양호하게 보존되고 자연녹지와 연결되는 부분이 많으나, 곳곳에 식당이 들어서 보존의 앞길이 밝지만은 않다.

　불암산의 저지대는 대개 도시화지역으로 시작된다. 그러나 부분적으로 농경지나 아까시나무 조림지, 상수리나무숲, 소나무숲 등이 전면에 나타나기도 한다.

　이곳의 경작지라 하면 먹

불암산 저지대의 과수원

골배로 유명한 과수원이 주류를 이룬다. 저지대의 조림지는 아까시나무가 주로 많고 은사시나무가 간혹 보인다. 또 상수리나무는 서쪽의 중계동을 중심으로 숲을 이루었고, 북쪽과 동쪽에는 마을의 문화경관의 한 요소로서 전형적인 위치에 넓게 숲을 형성하고 있다. 소나무숲은 남동쪽 태릉선수촌 주변에서 볼 수 있다.

산중턱 위로 가면 남쪽에는 리기다소나무숲이, 북쪽에는 신갈나무숲 그리고 산꼭대기에는 소나무숲이 있다. 이외에도 굴참나무와 졸참나무, 갈참나무, 서어나무, 느티나무, 오리나무가 숲을 이루고 있다.

오리나무와 서어나무 숲은 삼육대학교 캠퍼스 뒤쪽 계곡에만 분포해 있고, 졸참나무와 갈참나무는 계곡에 조그맣게 숲을 이루었으며, 굴참나무숲은 산중턱의 남쪽 건조지대에 분포하는 경향이다.

서울에서는 보기 드문 서어나무숲

바깥에서 불암산을 이쯤 훑어보았으면, 이제는 삼육대학교 쪽에서부터 걸음을 옮겨 안을 들여다보기로 하자.

삼육대학교 정문에서 서쪽의 한국체육과학연구원 주변은 상수리나무가 드문드문 섞인 갈참나무숲이 있다. 그리고 정문 동쪽과 그 앞의 구릉지는 온통 과수원이다. 캠퍼스 안으로 들어가면 건물과 운동장을 빼놓고는 소나무숲과 서어나무를 중심으로 한 활엽수림이 울창하다. 좀더 가면 대학본부로 가는 길과 왼쪽으로 산으로 난 갈래길이 나온다.

왼쪽의 산길로 접어들면 여기서도 왼쪽으로는 서어나무숲이 이어진다. 오른쪽으로 조그만 동산이 나오는데 이곳도 서어나무가 숲을 이루었다. 서울에서는 보기 드문 숲이기에 더욱 반갑다.

귀하디귀한 숲길의 참맛

서어나무의 회백색 울퉁불퉁한 줄기는 마치 건장한 남자의 근육을 연상케 한다. 타원형의 잎 가장자리에는 잔 틈이 많은데, 이를 전문용어로 거치

거치

잎 가장자리가 파여서 거치라고 하며, 식물을 식별하는 데 중요한 형질이 된다. 둥글게 파인 것, 파도 모양으로 파인 것, 침상인 것, 털 모양인 것, 치아 모양인 것 등 다양하다.

라고 한다. 거치에는 큰 거치와 작은 거치가 있으며, 작은 거치는 큰 거치 사이사이에 난다. 이 작은 거치의 수를 가지고 서어나무와 개서어나무를 구별하기도 하지만, 개서어나무는 남부지방에 분포하고 이곳에는 서어나무만 분포하니 구별에 크게 신경 쓸 필요는 없다.

작은 동산 왼쪽으로 이어지는 길을 따라 커다란 갈참나무가 나타나고 그 앞의 개울에는 다리와 물레방아도 설치되어 있다. 별로 어울리는 것 같지는 않다. 그 옆으로는 다 자란 오리나무들이 길게 줄을 지어 서 있으며, 오리나무숲을 오른쪽에 두고 왼쪽으로는 서어나무숲 사이로 숲길이 나 있다.

서울에서는 귀하디귀한 숲을 양옆에 거느리고 숲길을 걷는 맛이란! 특히 습기가 많아 한여름에도 시원함을 느낄 수 있는 길이다. 그러나 사람들이 너무 많이 찾으면 이 숲 또한 훼손될 수 있으므로 독자들의 신중한 판단을 당부하고 싶다.

이 길이 오른쪽으로 꺾어지기 직전에 오른쪽으로 작은 저수지가 있다. 지금은 물을 가두지 않아서 웅덩이라 해야 어울릴 것이다. 그래도 습지인지라 주변에는 버드나무며 달뿌리풀, 개찌버리사초 등이 어우러져 있다. 그 위쪽으로 물을 가둔 저수지가 보인다. 규모와 기원을 따지지 않는다면, 산중 호수쯤으로 표현할 수 있겠다. 저수지를 막은 둑에는 개벚나무가 심어져 있고 주변에는 서어나무와 소나무, 신갈나무 숲들이 보인다.

저수지로 물이 들어가는 계곡을 중심으로 서어나무가 숲을 이루었다. 저수지 근처나 안에서 식물을 찾아보았지만 번번이 허사였다.

사실 이곳에서는 수생식물을 볼 수 없다. 몇 가지 이유가 있는데, 우선 저수지 주변의 토양 때문이다. 저수지에서 흔히 볼 수 있는 입자가 거친 토양이다. 이 지역의 모암이 화강암인 점과 길이가 비교적 짧은 비탈의 중간

작은키나무의 참싸리는 건조한 곳에서 자란다.

에 저수지가 있는 점과 관계가 있을 것이다. 또 하나는 주변에 수생식물을 공급할 공급원이 없기 때문이다. 이 저수지의 둑은 너무 튼튼하여 아래로 난 개울과 단절된데다, 그 개울도 캠퍼스를 지나면서 아래쪽의 개울과 단절되어 수생식물 공급경로가 끊어진 것이다.

저수지를 지나고도 계곡으로는 서어나무숲이 얼마간 더 이어진다. 그 주변의 비탈은 대개 신갈나무가 숲을 이루고 있다. 나무의 크기로 보아 나이는 많이 먹지 않은 듯하다.

능선으로 가면서 신갈나무숲이 끝나고 리기다소나무숲이 나타난다. 토양입자가 거칠어 물과 영양분이 부족하다 보니 생육상태는 좋지 않다. 게다가 대기오염과 인간의 간섭까지 겹쳐 서울을 향한 비탈 위쪽과 등산로 주변에서는 팥배나무가 세력을 넓혀나가고 있다. 아까시나무숲도 심심찮게 보이지만, 이 역시 좋지 않고 팥배나무가 퍼지고 있다.

넓게 드러난 바위가 많은 불암산의 암반 주변에는 주로 소나무가 숲을 이루었다. 그리고 소나무처럼 건조한 곳에 자주 나타나는 노간주나무, 참싸리, 새, 붉은병꽃나무, 참억새도 자주 보이고, 또 능선이나 비탈 위쪽이라는 지형특성상 팥배나무의 출현빈도도 높다.

꼭대기 쪽으로 갈수록 소나무숲이 늘어나고, 이따금 암반과 암반 사이에 다른 식물 몇 가지도 자라지만 그리 번성하지는 못한다.

소나무숲을 지나 꼭대기를 향하면 점점 토양의 두께는 얇아지고 그에 따

지속 가능한 발전

지속 가능한 발전이란 인간이 환경을 이용할 때 그 이용으로부터 발생하는 환경 스트레스가 주변환경을 악화시키지 않아 미래세대도 그 환경을 계속 이용할 수 있는 수준을 의미한다. 생태학에서 말하는 환경의 수용능력 개념을 발전시킨 것이다.

환경의 수용능력은 버스나 엘리베이터가 수용정원이 있듯이 어떤 환경에 살 수 있는 생물의 정원을 말한다. 환경의 수용능력이 정해지는 것은 그 환경이 제공할 수 있는 먹이나 쾌적한 생활공간 같은 여러 가지 자원이 제한되어 있기 때문이다.

지구상에는 100억~120억 명이 살 수 있다고 한다. 사람들이 일상생활에서 이용하는 에너지 양을 파악하여 그로부터 발생할 수 있는 환경 스트레스, 즉 오염물질의 발생량을 계산함으로써 이런 추정이 가능하다. 그리고 주변 자연환경의 양과 질을 알면, 그것이 오염물질을 흡수할 수 있는 능력도 계산할 수 있다. 여기서 오염물질을 배출하는 인간환경을 발생원, 이를 흡수·제거하는 자연환경을 고정원이라 볼 수 있는데, 양자의 기능을 비교하면 어떤 지역의 지속 가능한 발전수준을 평가할 수 있다.

물론 이것은 가능성에 대한 진단이지 정확한 해답은 아니다. 왜냐하면 환경은 우리가 생각하는 것보다 훨씬 복잡해서 자연을 구성하는 모든 것을 정량화·수치화할 수 없기 때문이다.

라 식생의 종류도 바뀐다. 중간키와 작은키 높이의 팥배나무가 숲을 이루었고, 이어 작은키나무인 참싸리가 우세하다. 그리고 정상부분에는 주로 새 같은 풀들이 무성하다. 풀들 사이로 노간주나무, 붉은병꽃나무, 참싸리도 가끔 보이지만 그 키는 풀들과 별반 다르지 않다.

정상에 올라 아래를 내려다보니 계곡과 능선으로 식생이 뚜렷이 구분된다. 계곡에는 주로 신갈나무숲이 있고 북쪽 비탈에는 신갈나무숲이 더 넓게 펼쳐져 있다. 이곳이 더 습해서 천이가 빨리 진행되었기 때문이다.

북쪽과 동쪽의 비탈에는 신갈나무숲 아래쪽으로 그보다 좀더 연한 빛깔

노린재나무(왼쪽)와 생강나무의 꽃(오른쪽).

의 숲띠가 보인다. 폭이 대체로 균일하고 신갈나무숲보다 키가 크고 수형 또한 다른 것 같다. 마을 주변에 전형적으로 성립되는 상수리나무숲이다. 동쪽으로는 그 주변으로 리기다소나무와 아까시나무 숲이 있고 논과 밭, 과수원도 이 지역의 전원풍경에서 중요한 부분을 차지한다.

개발의 손길이 크게 미치지 않은 지역들은 대개 이런 모습을 띠고 있다. 세월이 흘러도 별로 모습이 달라지지 않음을 볼 때, 지속 가능한 발전의 모델이 되지 않을까 하는 생각이 든다.

하산길은 정상으로 올라온 길을 되돌아가 서쪽의 공원관리사무소가 있는 쪽으로 택하기로 하자. 되돌아가는 길이기에 만나는 식생은 당연히 올라올 때와 반대이다. 바위틈 사이로 난 풀과 작은키나무가 우세한 지대, 팥배나무가 우세한 지대, 그리고 소나무숲을 지나 계곡으로 접어드니 신갈나무숲이 보인다.

이제 비로소 따가운 햇살을 제대로 가려줄 숲을 만나나 보다. 식물의 종류 또한 다양해진다. 물갬나무, 개벚나무, 노린재나무, 생강나무, 작살나무, 큰기름새, 쌀새 등이 늘어나면서 변화를 주도한다.

그린벨트는 곧 생명벨트

얼마쯤 내려오니 잘려나간 바위가 눈에 띈다. 개발제한구역에서 어떻게 이런 작업이 되고 있을까 의아하기 짝이 없다. 요즈음 개발제한구역의 규제가 완화되면서 많은 사람들이 제도 자체가 없어진 것으로 여기는 듯하다. 그러나 그린벨트는 결코 없어져서는 안 될 우리의 귀중한 자연자원이고 환경자원이며, 생명벨트이다.

거듭 말하지만, 현재 서울에는 이 같은 자연자원이 부족하여 우리가 배출하는 오염물질들을 미처 처리하지 못하는 형편이다. 그리하여 오염물질은 쓰레기더미처럼 우리 주변에 쌓이게 되었다.

서울상공에 보이는 오염물질의 띠, 날로 심각해지는 토양의 산성화, 삼림의 쇠퇴 등이 바로 그 예이다. 더구나 근래 우리는 이런 환경실태가 인간의 건강을 크게 위협하는 수준에 이르렀다는 보고들을 자주 접하고 있다. 이런 면에서 그린벨트는 우리의 생명벨트인 것이다.

그럼에도 그린벨트 관리는 크게 허술해지고 있다. 불암산 남서쪽 아래에 있는 공릉터널 부근은 그린벨트 지역인데도 몇 년 전에 배수지 공사를 한다고 녹지를 크게 훼손하더니 이번에는 도로를 건설한단다. 이에 뒤질세라 개인들까지 가세하여 그린벨트의 한쪽을 과수원으로 만들었다. 날로 위태

자작나무와 꽃

로워지고 있는 우리의 생명벨트가 실로 염려된다.

자, 서둘러 내려가 보도록 하자. 저만치, 대모산과 마찬가지로 꽃밭이 만들어져 있고 꽃마다 이름표까지 붙어 있다. 그런데 이게 웬일인가? 다른 이름이 붙여진 꽃들이 너무 많다. 꽃을 심은 위치는 말할 나위도 없다. 왜 이렇게 긁어 부스럼을 만드는지 정말 이해할 수 없다.

특히 이곳은 많은 등산객을 비롯하여 어린 학생들이 현장학습을 하러 자주 오는 곳이다. 그런데 자연에 대한 전문지식을 제대로 갖춘 사람도 그리 많지 않은 형편에, 전문가의 안내 없이 이런 곳에 와서 잘못된 지식을 습득하는 학생들을 어떻게 바로잡을 것인가? 과연 바로잡아 줄 사람이 있기나 한가?

생각이 여기에 미치니 가끔씩 서울의 산과 하천에서 만났던 학생들의 환경분야 클럽활동이 떠오른다. 그들에게 무엇을 하느냐고 물었더니 환경을 깨끗하게 하기 위해 쓰레기를 줍고 있다고 했다. 그 학생들을 지도하는 선생님의 말씀인즉슨 환경지도를 할 자신이 없어 이것으로 대신한다는 것이었다. 비단 그 선생님만이 아닐 터이다.

사실 우리의 교육현장을 이렇게 만든 것은 우리 사회이고, 대학 또한 그 책임을 면할 수 없다. 이제는 대학에서조차 우리의 환경을 바르게 인식시켜 줄 교수가 줄어가는 추세이다. 이는 지금의 사회현상과 밀접한 관계가 있다. 환경을 바르게 인식하고 그 구성원간의 상호관계를 이해하여 환경문제를 해결하기보다는, 효율성만 추구하여 그 구성원과 구성원들의 상호관계는 무시하고 겉으로 드러나는 오염물질 배출량을 얼마나 줄이는가에 국가 환경정책의 초점이 맞추어져 있기 때문이다.

더구나 자연환경을 관리하는 분야는 전문가는 마치 양념 격으로 추가된 듯한 불합리한 전통이 오랫동안 이어져서, 여전히 비전문가 중심으로 이루어진 것 또한 이러한 결과를 낳는 데 한몫 했다.

분명한 것은 이런 상황이 계속되면 이 나라의 환경은 더욱더 초라해질 것이라는 사실이다. 국제적인 환경평가의 국가순위가 이를 입증하고 있다.

산을 내려와 발길을 당고개 쪽으로 돌려 경관림(도시환경림) 조성사업지를 찾았다. 이곳에서는 환경의 질을 개선한다는 목적 아래 과거의 인공조림지를 자연림으로 되돌리는 사업이 추진되었다.

길 주변은 저 멀리 아파트단지와 달리 단독 아니면 연립 주택이 대부분이고 그 가까이에 사업장이 있다. 옛날에는 주로 채소밭들이었는데, 대개가 국유림지역이기 때문에 이 밭들을 환수하여 오늘의 모습으로 바꾸었다.

사업장 입구에는 작은키나무가 제법 빽빽하게 들어차 있어 숲 안쪽으로 사람의 접근을 불허할 태세이다. 그 위로 고유의 참나무들도 눈에 띈다. 비로소 이 땅의 주인이 제대로 찾아들었다는 생각이 든다. 이렇게 되기까지 많은 수고를 한 사람들이 무척 고맙기까지 하다.

하지만 이런 고마운 마음도 잠시, 사업장 안으로 들어서자 너무도 달라지는 모습에 나의 눈이 의심스러울 지경이다. 밖에서 본 참나무들은 거의 찾아볼 수 없고 단풍나무, 중국단풍, 자작나무, 복자기나무 등의 조경용 나무들이 빽빽하다. 더구나 큰키나무, 중간키나무, 작은키나무를 골고루 갖춘 복층림을 이루겠다던 처음의 계획은 온데간데없고 마치 아파트 정원처럼 조경용 나무들이 단순하게 하나의 층을 이루고 있다.

서울에 조성되어 있는 대부분의 조림지는 현재 그 역할을 마치고 우리 고유의 숲으로 천이가 진행중이다. 그 천이를 촉진하는 것이 이 사업의 목표였다.

하지만 이곳은 조림지보다도 생태적 기능이 훨씬 떨어지는 조경수목 식
재지로 바뀌어 있다. 누구에게 이 책임을 물어야 한단 말인가? 일반인들로

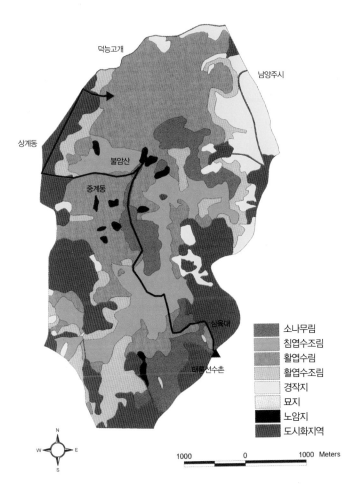

불암산 식생도

서는 도저히 알 수 없는 사실이기에 더욱 안타까울 따름이다. 거듭 강조하지만 참되고 체계적인 환경교육이 절실하다.

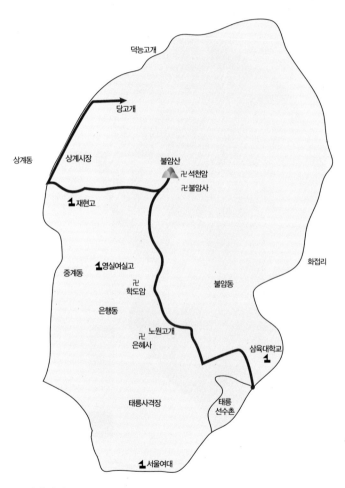

불암산 안내도

불암산은 산 가까이 도로와 주택가가 있는데다 삼림 가장자리 지역을 채소밭으로 일구어놓았기 때문에, 산의 면적과 삼림환경에 비해서는 서식하는 조류가 그리 풍부하지 않다.

불암산에는 21종의 조류가 서식하는 것으로 알려져 있는데, 박새·쇠박새·진박새가 가장 흔히 관찰되고 숲새·참새·노랑턱멧새·까치·어치도 비교적 쉽게 볼 수 있다. 대부분이 박새류·멧비둘기·꿩·붉은머리오목눈이·노랑턱멧새·까치 같은 텃새가 주종을 이루지만, 알락할미새·호랑지빠귀·산솔새 같은 여름철새도 관찰할 수 있다.

꼭대기 부근에는 큰부리까마귀를 비롯하여 산솔새와 큰유리새, 알락할미새, 청딱따구리, 쇠딱따구리가 살고 있다. 능선지대에서는 숲새, 붉은머리오목눈이처럼 관목숲을 좋아하는 종들이 보이고, 산 가장자리에는 꿩이 서식한다.

또 당고개 근처의 삼림이 비교적 잘

참새(위)와 까치(아래)

발달해 있는 곳에서는 청딱따구리며 매사촌, 산솔개, 큰유리새도 볼 수 있으며, 재현중학교 부근에서는 쇠딱따구리, 큰유리새, 뻐꾸기가 보인다.

호랑지빠귀는 아침 일찍부터 저녁까지 "히이-호오- 히이-호오" 하며 가녀린 울음을 구슬프게 토해 낸다. 경남 서부지방에서는 저녁나절 호랑지빠귀의 구슬픈 울음소리에 혼을 빼앗긴다고 해서 "혼새"라고 부르며, 울음소리가 을씨년스러워 그런

지 호랑지빠귀가 우는 마을에는 좋지 않은 일이 일어난다고 믿어왔다. 심지어 호랑지빠귀가 "씨아-" 하고 울면 사람이 죽고, "휘이-" 하고 울면 큰불이 난다는 이야기도 전해져 내려온다.

호랑지빠귀는 주로 땅바닥을 돌아다니면서 부리로 낙엽을 들추어 작은 동물을 잡아먹는데, 지렁이를 무척 좋아해서 새끼를 키울 때는 지렁이를 물고 둥지로 가는 모습을 자주 볼 수 있다. 낙엽 활엽수림이나 잡목숲에 키가 1.5~6m 정도 되는 교목의 두세 가닥으로 갈라진 틈에 둥지를 틀며, 4월 하순~7월 하순에 3~5개의 알을 낳는다.

사실 숲을 가꾸는 데 있어서 야생조류의 중요성을 빼놓을 수 없다. 우선 야생조류들은 식물의 씨앗을 다른 곳에 저장하거나 배설물을 통해서 혹은 깃털에 붙거나 가져가다가 실수로 떨어뜨리는 식으로 해서 멀리까지 퍼뜨린다.

또한 꽃의 꿀을 좋아하는 동박새나 직박구리는 꿀을 빨 때 부리부분에 꽃가루를 묻혀 수정을 시키는가 하면, 딱따구리류는 늙어서 죽은 나무들을 쪼음으로써 분해 과정을 촉진시켜 숲의 물질순환을 돕는다.

대개 새들은 식물의 열매를 먹으면서도 싱싱하고 부드러운 과육만 먹고 딱딱한 씨앗은 다른 배설물과 함께 배설하거나 입으로 뱉어낸다. 그런데 이렇게 배설된 씨앗은 그냥 퍼트려진 씨앗보다 발아율이 높다. 가령 곰의말채의 경우 자연발아율은 34%밖에 안 되지만 까마귀가 먹고 토해 낸 씨앗의 발아율은 61%나 되며, 직박구리의 배설물로 나온 계수나무의 씨앗은 거의 100% 싹을 틔우지만 과육이 붙어 있는 씨앗은 자연상태에서 거의 발아하지 않았다고 한다.

새들이 먹은 열매의 발아율이 높은 것은, 소화기관을 통과하면서 위산에 의해 씨앗의 껍데기 부분이 없어지거나 알맞게 부드러워지기 때문이다. 이처럼 새들의 몸 속을 통과하여 뿌려지는 씨앗이, 큰키나무의 경우는 35%, 작은키나무는 76%나 된다.

포유류는 8종이 서식하고 있지만, 멧토끼나 족제비, 고슴도치 같은 중간 크기와 다람쥐·등줄쥐·흰넓적다리붉은쥐 같은 작은 것들은 밀도가 낮은 편이다. 들개와 들고양이를 가장 많이 볼 수 있는데, 그것은 불암산이 인가와 매우 가깝기 때문이다.

배설물이 발견되는 위치로 보면, 멧토끼와 고슴도치, 다람쥐는 당고개 부근에 소수가 서식하는 것 같다. 그리고 들개와 들고양이는 인가 가까운 산자락에서 주로 발견되지만 능선에서도 발견되는 것으로 보아, 불암산의 대부분 지역에서 서식하는 것으로 생각된다.

밤에 활동하는 야행성 고슴도치는 주로 활엽수가 우거진 삼림지대에서 살며 곤충과 과실들을 즐겨 먹는 잡식성이다. 온몸을 뒤덮은 바늘가시는 고슴도치의 훌륭한 보호막 역할을 한다.

등줄쥐는 불암산에서는 별로 볼 수 없지만 들쥐 중에서 우리나라에 가장 많이 사는 매우 흔한 종이다. 산 밑이나 중턱, 꼭대기에 이르기까지 그리 습하지 않은 곳이면 어디든 살 수 있다. 곡물이나 사초과 · 벼과 식물의 씨앗을 주로 먹으며, 먹이를 별로 저장하지 않아 겨울에도 먹이를 찾아 돌아다닌다.

등줄쥐보다 서식밀도가 낮은 흰넓적다리붉은쥐는 대개 숲속의 쓰러진 나무 아래나 나무뿌리 밑에 구멍을 뚫고 살며, 씨앗이나 도토리 같은 딱딱한 열매를 먹는다.

다람쥐

산의 건강함을 간직하고 있는 **수락산**

수락산(637.7m)은 불암산과 이어지면서 노원구 상계동과 경기도 의정부시 및 남양주시와 경계를 이룬다.

수락산은 서울로 향한 서쪽 비탈과 남쪽 일부 그리고 의정부로 향한 북쪽 비탈이 대규모 아파트단지 등 도시화지역으로 둘러싸여 있지만, 남쪽의 덕능고개에서부터 동쪽은 남양주의 수락산유원지 입구를 제외하면 보존상태가 양호한 편이다. 그럼에도 이곳 역시 개발의 손길이 미치고 식당들이 난립해 있기는 마찬가지이다.

수락산 앞에서 사람들을 맞이하는 밤나무들과 밤나무꽃

　수락산의 저지대도 도시화지역으로 시작되는 경우가 많지만 가끔씩 농경지와 아까시나무 조림지, 상수리나무숲, 밤나무숲 등이 산의 전면에 나타나기도 한다. 도시화지역은 거의 대부분 아파트가 들어차 있다.

　그리고 서울의 중심을 향한 서쪽에는 농경지의 규모가 별로 크지 않지만, 그 반대쪽인 동쪽 비탈에는 논과 밭, 과수원 등이 비교적 넓게 자리잡고 있다. 저지대의 인공조림지는 대개 아까시나무와 리기다소나무 숲이며, 리기다소나무숲은 산자락에서부터 산중턱까지 퍼져 있다.

　산자락에서는 상수리나무숲도 볼 수 있다. 남동쪽으로, 비록 넓지는 않지만 띠 모양으로 산중턱까지 미치는데 이 또한 인간의 간섭 탓이다.

　산중턱 위로는 일부 리기다소나무 조림지를 제외하고 대개가 신갈나무숲이어서, 불암산보다 자연성이 높은 편이다. 주 능선을 중심으로 바위가 드러나 있는 주변에는 소나무가 숲을 이루었고, 그 밖에도 굴참나무숲, 졸참나무숲, 갈참나무숲, 느티나무숲, 서어나무숲, 오리나무숲, 물갬나무숲을 볼 수 있다.

수락산에서는 상계4동에서 학림사 가는 길을 택하여 정상에 올라가서 동쪽 비탈의 수락산유원지 쪽으로 내려오기로 하자.

당고개역에서 학림사 가는 길 입구까지는 주로 단독과 연립 주택이 이어지고, 그 주변에 고만고만한 채소밭이 퍼져 있다. 먼저 아까시나무 조림지가 나오는데, 그 사이로 비록 밭뙈기만하지만 은사시나무와 잣나무 조림지도 보인다.

생태적으로 건강한 숲이란?

이 지역에서도 아까시나무 조림지를 생태적으로 건전한 숲으로 바꾸기 위한 도시환경림 조성사업이 추진되었다. 또한 숲바닥에는 고유의 참나무들도 자라나 다음 단계로의 천이를 준비해 왔다.

앞에서도 말했지만 이런 천이를 촉진하여 고유의 숲을 회복하고 가능한 한 다양한 생태적 기능을 발휘할 수 있는 숲을 만든다는 환경림 조성사업의 처음 목표에 따라, 이 지역에서는 숲바닥에 고유의 참나무를 추가로 심어 천이를 촉진시키고자 하였다. 또한 외부의 영향을 차단하여 숲의 안정성을 꾀하기 위해 등산로 주변에는 작은키나무를 심기도 했다.

그런데 어찌 된 일인지 본래의 목적에 가까운 작업은 길가에서 5~10m 정도에만 이루어지고, 그 안으로 들어가면 전혀 모습이 달라진다. 역시 단풍나무, 자작나무, 개벚나무, 은행나무 같은 조경수목이 심어져 있고 심지어 미국참나무에다 대왕참나무라는 이해할 수 없는 이름까지 붙여서 심어

비록 규모는 크지 않지만 은사시나무가 숲을 이루고 있다.

놓았다. 우리 숲의 미래를 위해서라도 환경림 조성사업이 추진된 모든 장소에 대해 엄격한 평가가 이루어져야 할 것이다.

　설상가상으로 또 한 가지가 몹시 눈에 거슬린다. 사찰 확장사업이 한창이다. 이곳에 도시환경림 조성사업이 시작되었을 때 나는 자문차 이곳을 자주 찾았을 뿐 아니라 이 지역에서 여러 가지 연구를 수행하였기 때문에, 이 지역의 모습을 자세히 기억하고 있다. 2~3년 전까지만 해도 암자라 할 만한 조그만 절이 아까시나무숲에 둘러싸여 있었다. 그런데 이제는 산허리를 잘라 진입로를 넓히고 아까시나무들을 뽑아내고는 어울리지도 않는 상록성 조경수목들로 단장했다. 그곳 스님의 말씀으로는 산사태를 막기 위해 진입로 확장공사를 했고 조경수목은 전부터 있었단다. 생태학자인 내가 볼 때 이곳은 산사태가 우려되는 곳이 아니거니와 나의 연구장소이기도 해서 자세한 기록이 있다고 말했더니, 이번에는 공부를 핑계 삼아 타협을 제의한다. 참으로 한심한 세상이다.

입구에서 접한 유쾌하지 못한 장면을 뒤로하고 내처 올라가니 갖가지 모습의 숲이 등장한다. 바위가 드러난 곳에는 소나무숲이 나타나더니 그 뒤로 토심이 제법 두툼한 곳에는 상수리나무숲이 보인다. 숲속에는 이름 모를 무덤도 몇 기 있다. 나무가 우거진 곳 바닥에는 그늘사초나 큰기름새가 많지만, 무덤 근처에는 김의털이 많다. 유입되는 빛의 양이 다르기 때문일 것이다.

다시 등산로로 접어들어 얼마를 오르니 울창한 숲이 보이기 시작한다. 주로 신갈나무숲이고 건조한 부분에는 굴참나무숲도 보인다. 고유의 참나무숲이기에 출현하는 종도 다양하다. 맨 꼭대기층의 굴참나무 밑으로 물갬나무와 쪽동백나무가 자라고, 작은키나무로는 진달래가 우세하다.

그리고 풀종류로는 큰기름새, 맑은대쑥, 그늘사초가 많고 골잎원추리, 삽주, 머루, 노루발, 산씀바귀도 심심찮게 눈에 띈다. 신갈나무숲에는 작은키나무로 철쭉꽃이 늘어났지만 종의 조성은 굴참나무숲과 크게 다르지 않다.

물오리나무와 비슷한 물갬나무는 잎이 원형이고, 잎 아래 잎자루가 달린 부분이 조금 들어가 있어 구분이 된다.

그늘사초(왼쪽)와 노루발(오른쪽)

　아래쪽 계곡으로는 느티나무숲이 있고 그 옆에 학림사라는 전통사찰이 자리잡고 있다. 우점종이 바뀌니 출현하는 식물종류도 달라서 물푸레나무, 보랏빛 열매가 아름다운 작살나무, 줄기에 화살모양의 날개가 붙은 화살나무, 찔레꽃이 주로 보이고 풀종류도 개찌버리사초, 여뀌, 나도겨풀, 물봉선이 많다.

　계곡을 죽 따라 오르면 역시 오리나무숲이 나타난다. 계류를 따라 숲을 이룬 터라 폭은 좁지만 길이는 20~30m는 됨직하다. 참나무숲으로 둘러싸여 종의 조성은 크게 다르지 않아 국수나무, 개암나무, 작살나무 같은 작은 키나무가 많이 자라고, 다른 종류라 하면 개고사리, 넓은잎외잎쑥, 노루오줌 정도이다. 장마철에 홍수가 불러일으키는 교란만 없다면 참나무숲으로 덮일 것 같다.

그러고 보면 교란이 나쁜 것만은 아니다. 교란은 다양성을 가져다주기 때문이다. 이곳의 오리나무처럼 인간의 간섭이 상대적으로 적은 곳에 교란에 의해 생겨난 틈을 이용해서 이들이 자리잡고 종을 유지하였기 때문에, 그 아래쪽에서 다시 기회가 주어지면 자신의 영역을 넓혀나갈 수 있다.

　비록 이들의 세력이 아직 미미하지만 아무튼 살아남았으니까, 계류의 물줄기를 따라 계속 종자를 퍼트리면서 분포영역을 넓힐 기회를 엿볼 수 있는 것이다. 어떤 면에서 지금은 남의 땅에 빌붙어 사는 기구한 운명이지만, 저 아래 넓은 들판이 모두 이들의 것이었던 적도 있고, 땅이 넓어 들판의 습지대가 자연상태로 유지되고 있는 나라에서는 이들이 주인행세를 한다.

　계곡을 벗어나 비탈 쪽으로 가면 다시 신갈나무숲이 보인다. 하지만 능선의 특히 바위가 많이 드러난 부분에는 역시 단골손님인 소나무숲이 등장

화살 모양의 날개가 붙은 화살나무(왼쪽)와 찔레꽃(오른쪽)

보랏빛 꽃을 피우는 산부추

한다. 짙은 분홍빛 꽃을 피우는 애기며느리밥풀을 제외하면 다른 식물들은 이름만 올리고 있을 뿐이다. 보랏빛 꽃을 한 움큼 달고 있는 산부추도 가끔 보인다.

등산로 주변에서는 상수리나무 숲도 간간이 눈에 띈다. 사람들의 발길을 따라 여기까지 올라왔지만 본래 이러한 척박한 곳에 살지 않던 나무라, 싱싱함이 떨어진다.

곳곳에 바위가 드러난 주 능선으로 갈수록 소나무숲이 주류를 이루고, 임관을 이룬 상층의 소나무 밑으로 신갈나무가 보이지만 역시 생육상태가 좋지 않다.

작은키나무로는 진달래, 노간주나무, 철쭉꽃, 참싸리, 산초나무가 흔하다. 그리고 풀종류는 새를 제외하면 대개가 좁게 자리잡았는데, 이따금 양지꽃보다 잎이 작은 돌양지꽃이 수북히 모여나기도 한다.

바위표면에 붙어사는 돌단풍이 눈길을 끈다. 바위표면으로 흐르는 물이 많거나 오랫동안 물기를 머금은 곳의 돌단풍은 큼지막하지만,

물기를 흠뻑 머금은 바위에는 탐스러운 돌단풍이 붙어 있다.

바위표면이 건조한 데는 돌단풍이 시늉만 하고 있다.

능선 아래로는 온통 신갈나무숲이고, 더 아래쪽으로는 리기다소나무 조림지가 넓게 펼쳐져 있다. 이렇게 두루두루 살피며 정상에 이르니 잣나무 한 그루가 외롭게 서 있다. 자생하는 잣나무의 생육장소가 소나무와 유사하니 자연적으로 탄생한 것으로 보아야 옳을 것 같다. 그 주변으로 마가목도 보인다.

북한산 능선에서도 보았지만, 마가목은 주로 건조하고 척박한 곳에서 자란다. 이런 나무를 '1000만 그루 나무 심기사업'의 지침서에서는 하천변 권장수종으로 제시하고 있으니 이해할 수 없다.

마가목의 수피와 잎. 마가목은 같은 장미과 *Sorbus* 속의 팥배나무와 비슷하게 생겼으나, 잎이 복엽이라 쉽게 구분된다.

서울에서 보기 드문 서어나무숲이 있고

동쪽으로 발길을 돌려 신갈나무숲을 한참 걷다 보면 내원암을 만나는데, 여기서부터 계곡으로는 느티나무숲이 길게 이어진다. 이곳 신갈나무숲은 서울을 향한 서쪽 비탈과 달리, 특히 팥배나무가 크게 줄어 있다. 느티나무숲도 산너머 서울 쪽의 덕성여대 생활관 주변에만 분포해 있는 느티나무와는 크게 다른 모습이다. 계곡에 자주 등장하는 팽나무, 서어나무, 물푸레나무, 졸참나무가 섞여나고, 중간키나무로는 다릅나무, 당단풍나무, 고로쇠나무, 쪽동백나무, 개살구나무가 보인다. 그리고 작살나무, 바위말발도리, 참개암나무, 소태나무, 화살나무 등의 작은키나무들이며 둥근털제비꽃, 애기나리, 큰개별꽃, 남산제비꽃, 넓은잎외잎쑥 같은 풀도 자주 보인다.

이곳을 지나면 작지만 졸참나무숲도 있다. 군데군데 신갈나무도 서 있고, 관절염에 좋다는 중간키나무의 산뽕나무도 눈에 띈다.

계곡을 따라 더 내려오면 서어나무가 숲을 이루고 맞이한다. 이 또한 서울에서는 아주 드문 숲이다. 이를 두고 어떤 사람들은 서울의 대기오염 때문에 이 숲으로 천이가 진행되지 못하고 참나무숲에서 천이가 멈추었다고 주장하지만, 서어나무숲과 참나무숲은 성립하는 위치 자체가 다르다.

중간키나무로 층층나무와 당단풍이 보이고 빛이 많이 들어오는 곳을 중심으로 팥배나무가 세력을 늘려가고 있다. 그러고 보면 최근 서울 주변의 산에서 볼 수 있는 팥배나무의 확산 원인은 대기오염뿐 아니라 인간간섭이 복합적으로 작용한 결과라고 해석해야 옳을 것이다.

당단풍나무

작은키나무로는 철쭉꽃과 진달래가 넓게 차지하고 풀종류에서는 애기나리, 개고사리, 털대사초 등이 그러하다.

계곡이 위락시설로 가득 차 있는 것으로 보아, 조금 전의 느티나무숲이나 이 서어나무숲의 앞날도 그리 밝아 보이지는 않는다.

유원지를 지나면서 주변의 산을 보면 리기다소나무숲이 자주 눈에 띈다. 마을입구로 나오면 상수리나무숲과 논밭이 서로 어우러져 농촌의 모습을 자아내지만, 어느덧 고층아파트와 유흥업소들이 앞에 떡 버티고 선다. 고향의 모습을 망가뜨릴 뿐 아니라 휴식공간으로서의 기능도 마비시킬 따름이다. 이 모든 것이 인간의 그릇된 허욕에서 비롯된 것이리라.

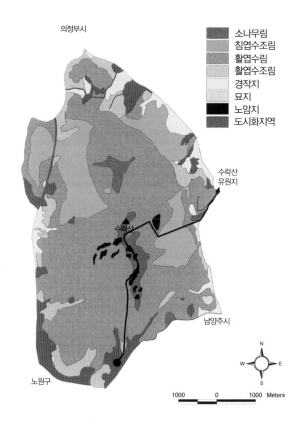

소나무림
침엽수조림
활엽수림
활엽수조림
경작지
묘지
노암지
도시화지역

수락산 식생도

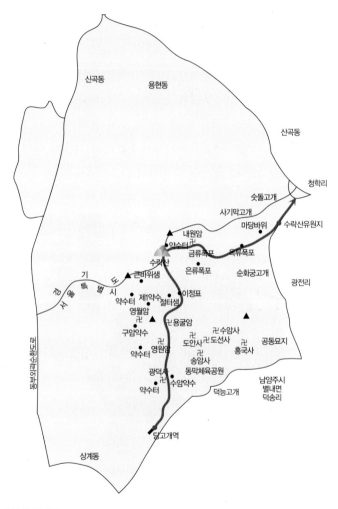

신곡동

용현동

산곡동

청학리

숫돌고개

사기막고개

마당바위

수락산유원지

내원암

약수터

금류폭포

옥류폭포

수락산

큰바위샘

은류폭포

순화궁고개

광전리

제약수

이정표

약수터

절터샘

영월암

용굴암

수암사

구암약수

도안사

도선사

공동묘지

약수터

영원암

송암사

흥국사

광덕사

동막체육공원

남양주시
별내면
덕송리

수암약수

약수터

덕능고개

당고개역

상계동

기 별 도 시 내 예

동 양 의 원 여 선 림 원

수락산 안내도

수락산에는 조류 35종, 포유류 9종이 서식한다.

조류로는 박새, 쇠박새가 가장 흔히 관찰되며, 어치와 까치도 쉽게 볼 수 있다. 이외에 멧비둘기, 꿩, 붉은머리오목눈이, 노랑턱멧새 등의 텃새와 산솔새, 꾀꼬리, 흰배지빠귀 등의 여름철새가 대부분이며, 이따금 바위종다리, 흰눈썹지빠귀, 붉은배지빠귀, 노랑딱새, 꼬까참새 같은 나그네새도 관찰된다.

한반도 곳곳에서 드물지 않게 볼 수 있는 텃새 새매(천연기념물 323호)도 이곳에서 만날 수 있다. 새매는 잡목이 우거진 숲에 둥지를 틀고 5월경에 4~5개의 알을 낳으며, 작은 새나 포유류를 잡아먹는다. 번식기가 지나면 평지나 도시에서도 새매를 볼 수 있다.

꼭대기의 능선에서는 큰부리까마귀를 관찰할 수 있고, 꼭대기 아래쪽으로는 청딱따구리며 되지빠귀, 호랑지빠귀, 붉은배지빠귀, 큰오색딱따구리, 꾀꼬리, 바위종다리 같은 새들이 살고 있다.

멧비둘기(위)와 쇠딱따구리(아래)

특히 딱따구리의 서식환경으로 적합한 영원암 근처에서는 쇠딱따구리와 청딱따구리의 소리를 쉽게 듣는가 하면, 영원암과 계림암 사이에서는 희귀한 검은등뻐꾸기의 소리도 들을 수 있다.

수락산에 새매 같은 맹금류가 살고 있다는 것은 그만큼 환경이 안정되어 있다는

청설모

뜻이다. 왜냐하면 새매는 먹이사슬에서 최종소비자에 해당하기 때문이다.

생물들간의 먹고 먹히는 관계를 나타내는 먹이사슬에서, 생산자인 식물은 태양의 빛을 받아들여 성장하고, 그것을 1차 소비자인 메뚜기나 나비 등의 초식곤충이 먹고, 그 초식곤충을 2차 소비자인 사마귀나 잠자리 같은 육식곤충이 먹는다. 또 육식곤충은 박새나 때까치 같은 작은 새들의 먹이가 되며, 그들은 또한 고차 소비자인 수리나 매, 부엉이류의 먹이가 된다.

이러한 관계를 생물의 양으로 나타내면 피라미드 모양인데, 그래서 이것을 생물량 피라미드라고 부른다.

또한 수리나 매 등이 사고나 병으로 죽으면 그 사체는 토양 중의 미생물에 의해 분해되어 양분으로 축적되듯이, 먹고 먹히는 관계가 그물처럼 연결되어 있다. 이런 먹이사슬이 별 무리 없이 진행될 때 자연의 구성원은 균형을 이룬다.

하지만 아주 작은 자연파괴일지라도 자연의 균형에는 큰 영향을 미치는 것도 적지 않기 때문에, 자연파괴를 막기 위해서는 모든 생물을 자연 그대로 보호하는 것이 매우 중요하다. 야생조류를 보호하기 위해서는 육식곤충이나 식물, 토양까지도 보호해야 하는 이유가 바로 여기 있는 것이다.

포유류로는 들개와 들고양이를 포함해 9종이 서식하며, 그중 다람쥐가 가장 많고 청설모도 관찰된다. 너구리와 멧토끼도 배설물이 여러 곳에서 발견되며, 그 밖에 두더지, 등줄쥐, 흰넓적다리붉은쥐가 살고 있다.

대개 작은 포유류의 서식은 땅의 유기물 층과 관련이 있는데, 수락산은 유기물 층이 잘 발달되어 있어 이들이 살기 좋은 조건이라 할 수 있다. 들개와 들고양이는 샘말 근처의 인가에서만 보이고 삼림 내에서는 관찰되지 않는 것으로 보아, 이들에

의한 삼림생태계의 교란은 비교적 적을 것 같다.

청설모는 잣나무, 가래나무, 가문비나무가 많은 곳과 마을 근처의 야산에 주로 서식하며, 1년에 두 차례 번식을 하는데 1월 상순이면 교미를 시작해서 약 35일의 임신기간을 지나 5마리 정도의 새끼를 낳는다. 나무씨앗이나 밤, 추자열매를 주로 먹으며, 겨울에는 저장해 둔 도토리와 밤 따위를 꺼내먹는다. 10~15m 높이의 큰 나무줄기나 나뭇가지 사이에 마른 나뭇가지로 보금자리를 튼다.

서울의 산들과 한강이 한눈에 들어오는 아차산

서울의 동쪽에 자리잡은 아차산(285m)과 용마산(348m)은 백두대간의 분수령에서 갈라진 한북정맥
와 한강에서 끝나는 마지막 봉우리의 하나이다. 남북으로 달리는 아차산의 주 능선은 서울과 경기도
구리의 경계를 이룬다.(사진은 아차산에서 바라본 한강)

아차산은 높지도 빼어나지도 않지만, 산 위에 서면 서울을 둘러싸고 있는 산들과 시가지가 한눈에 들어온다. 특히 굽이치는 한강의 푸른 물과 강변의 경관을 내려다볼 수 있어서 사람들이 많이 찾는 곳이다.

또 아차산은 청동기 유적이 발견되고 백제의 아차산성이 남아 있는 유적지이기도 하다. 고구려 평원왕의 사위 온달장군이 신라에 빼앗긴 한강유역을 되찾고자 이 산성에서 싸우다가 전사하였다는 설화도 전해진다.

서울을 향한 남쪽과 서쪽 비탈은 도시화지역으로 둘러싸여 있지만 북쪽은 망우리 일대의 자연녹지와 접한다. 그에 비해 동쪽은 다채로워 구리가 있는 북부는 도시화지역에 접하고, 중부는 구리 남부의 농경지에 면하며 남부는 한강에 면해 있다.

산지의 저지대는 주로 아까시나무 조림지가 차지하고 있지만, 서울 쪽의 서쪽 경사면 일부에는 과수원이 남아 있어 서울의 여느 산들과 다른 모습을 풍긴다.

아마 이는 이 지역에서 생산되는 먹골배와 관련이 있을 것이다. 특히 구

아차산 생태공원

리 쪽으로 과수원이 넓게 퍼져 있다. 넓게 띠 모양으로 이어진 농경지는 거의 찾아볼 수 없고 채소밭 정도만이 드문드문 보이는데, 이것은 관악산처럼 이 지역이 단독주택 중심의 주거형태 때문인 것 같다.

닭의장풀

그러나 구리 남부지역의 산지계곡에는 비교적 넓은 농경지가 남아 있다. 이곳의 경작이 중지된 논에서는 천이가 한창 진행중이어서, 2~3단계의 천이가 출현한다.

골풀과 고랭이류가 우위를 차지하는 풀밭, 그 다음 천이단계에 해당하는 버드나무류가 주를 이루는 지대, 그리고 버드나무에 이어 오리나무가 침입단계에 있는 곳이 나타나고, 주변의 계류를 따라 다 자란 오리나무가 줄을 지어 있다. 물론 상수리나무숲도 가끔 보인다.

산지의 중턱 위로는 소나무숲이 넓게 분포하고 암반지역도 넓다. 그러나 아차산의 북쪽 절반은 남쪽 부분과 모습이 다르다. 서울을 향한 비탈은 망우리공동묘지가 차지하고 있고 구리를 향한 동쪽은 아까시나무숲이 덮여 있다.

비탈 위쪽과 능선도 남부와 북부 지역이 서로 다르다. 남부의 경우 소나무와 리기다소나무 숲이 주로 나타나고 부분적으로 신갈나무숲이 보이지만, 북부는 소나무숲이 드물고 리기다소나무숲은 나타나지 않으며, 동쪽으로 비교적 넓게 신갈나무가 숲을 이루었다. 그 신갈나무숲 아래로 상수리나무숲, 밤나무단지 그리고 농경지와 주거지가 이어져 농촌의 모습을 자아낸다.

그러면 아차산 남쪽에 있는 영화사에서부터 길을 떠나보자.

입구에서는 서울 주변의 여느 산들과 마찬가지로 아까시나무숲이 우리를 맞이한다. 그러나 얼마 안 가 상수리나무숲으로 바뀌더니 금새 소나무숲이 보이기 시작한다. 척박한 곳이어서 소나무들은 키가 크지 않고 줄기도 곧지 않으며, 출현식물도 빈약하다. 참나무류 유식물과 싸리류가 보이고, 풀종류로는 새, 큰기름새, 그늘사초, 닭의장풀 등이 자취를 보일 뿐이다.

수북한 꽃과 향기가 좋은 조팝나무

계속 올라가 계곡으로 가면 약수터가 나타나고 약수터를 중심으로 쉼터와 체육시설이 들어서 있다. 계류변은 돌축대가 어찌나 튼튼한지 식물의 정착을 원천 봉쇄하고 있다.

그래도 축대를 쌓기 전에 자리잡은 오리나무며 버드나무, 갈참나무가 계류를 따라 나란히 서 있고, 그 밑으로 축대를 피해 조팝나무, 찔레꽃, 국수나무와 속속이풀, 조개풀, 골풀, 고마리, 개찌버리사초가 제법 계류변 습한 곳의 식생형태를 갖추었다. 그러나 질경이, 그령, 주름조개풀, 망초, 쇠무릎도 눈에 띄는 것을 보아 사람들의 손을 탄 흔적이 역력하다.

조팝나무는 꽃이 수북하게 피고 향기가 좋아 사람들이 매우 좋아한다. 줄기가 싸리와 비슷하게 생겨서 더러 싸리로 착각하지만, 잎과 꽃이 싸리와 쉽게 구별된다. 싸리는 잎이 복엽이지만, 조팝나무는 홑잎이다. 꽃 모양도 싸리는 나비가 앉은 것처럼 꽃잎이 붙어 나는데, 조팝나무는 펼친 모양으로 갈라지며, 조팝나무는 이른봄에 꽃이 피고 싸리는 여름에 핀다.

그곳에서 비탈을 지나 능선으로 다가가면 리기다소나무숲이 나온다. 숲

조팝나무(왼쪽)와 싸리(오른쪽). 장미과 식물 조팝나무는 산지 저지대 습한 곳에 전형적으로 나타나는 관목으로 하얀 꽃이 피며 잎은 다섯 장이다. 싸리는 분홍색 꽃을 피우며 잎은 석 장이다.

의 위층 식물만 소나무에서 리기다소나무로 바뀌었지, 소나무숲에서 볼 수 있는 식물종류와 별 차이가 없다. 바위의 풍화가 느려 토심이 얕고 입자가 거친 척박한 토양이기 때문일 것이다.

주변으로 암반이 넓게 퍼져 있고, 별로 넓지 않지만 암반 틈새로 식물들이 자라고 있다. 대부분이 풀종류이지만 그보다 조금 넓은 곳에는 작은키나무도 나타난다. 들여다보니 새와 닭의장풀이 많고 며느리배꼽, 개솔새, 김의털도 간혹 보인다.

어느 틈에 외래종도 들어와 돼지풀이 자라고, 작은키나무 수준의 어린 가중나무도 있다. 어떤 책에서 가중나무를 열을 좋아하는 식물이라고 설명해서인지, 도시지역에서 가중나무가 번성하는 이유를 도시열섬화 현상 때문

인위적인 교란에 의해서 세력을 넓혀가는 가중나무

이라고 해석한 기사를 본 적이 있다.

그러나 가중나무는 도로나 철로변 같은 인간의 간섭이 잦은 곳이면 도시와 농촌을 가리지 않고 번성한다. 따라서 가중나무의 확산원인은 열섬화현상보다 교란으로 보는 것이 타당할 듯싶다. 사실 대부분의 외래종들은 일반적으로 인위적 교란을 틈타서 퍼진다.

암반을 벗어나 토심이 조금 깊어지면 소나무숲이 나오지만, 중간키 정도의 나무들이다. 소나무숲 밑에서 자라는 식물의 종류 또한 암반지역과 크게 다르지 않다. 작은키나무로는 참싸리가 우세하고 붉은병꽃나무가 비교적 자주 보이며 드물게 진달래도 나타난다. 풀종류는 새가 우세하고 솔새, 개솔새, 댕댕이덩굴, 땅비싸리가 자주 발견된다.

산불지역에서 만나는 자연의 규칙성

그곳을 벗어나자 주변에 불이 난 흔적이 보인다. 참싸리가 다 뒤덮은 듯하다. 이곳에서 멀리 떨어진 청계산의 산불지역이나 동해안 산불지역과 너무도 모습이 비슷하다. 여기서 우리는 자연의 규칙성 하나를 보게 된다. 이런 규칙성이 있기에 자연에 대한 해석이 가능한 것이다.

우거진 참싸리무리 밑에는 각종 식물들이 고개를 내밀고 있다. 암반 주변의 식생과 비슷하게 새, 솔새, 개솔새, 댕댕이덩굴, 산초나무 등이 많다.

진달래꽃(왼쪽)과 댕댕이덩굴(오른쪽)

소나무 유식물도 간혹 나타나는 것을 보면, 얼마 동안 이런 모습으로 지내다가 소나무숲으로 천이가 진행될 모양이다. 신갈나무 유식물도 나타났지만 여기저기 암반이 드러난 지대의 여건이 신갈나무숲까지는 이어지지 못할 것 같다.

산불지역을 지나니 주변이 리기다소나무숲으로 바뀐다. 이 숲속을 한참 걸어가면 정상에 이르고, 다시 신갈나무숲으로 바뀐다. 서쪽의 작은 계곡에도 신갈나무가 숲을 이루었다. 나무의 나이가 얼마 안 되는 것으로 보아, 이 숲으로 바뀐 지 오래 되지는 않은 모양이다.

건조하고 척박한 곳이어서 식물의 종류는 다양하지 않다. 철쭉꽃과 진달래가 많고, 작은키나무로는 팥배나무, 붉은병꽃나무, 노린재나무, 노간주나무가, 초본층으로는 큰기름새, 골잎원추리, 그늘사초, 노루발풀이 눈에 띈다.

그러다 계곡의 신갈나무숲으로 가면 식물의 종류가 조금 달라진다. 숲 사이로 큰키나무의 물갬나무가 보이고 중간키나무의 개벚나무와 팥배나무

마(왼쪽)와 남산제비꽃(오른쪽)

가 보인다. 작은키나무는 좀더 다양해지면서 철쭉꽃, 진달래, 노린재나무, 생강나무, 작살나무가 있고 풀종류로는 애기나리, 주름조개풀, 큰기름새, 그늘사초 등이 있다.

계곡에서 신갈나무숲 아래의 상수리나무숲에서도 신갈나무숲과 마찬가지로 물갬나무에 이어, 작은키나무로는 인간간섭의 영향으로 국수나무가 많이 눈에 띄고, 산딸기와 산초나무도 보인다. 풀종류에서도 주름조개풀이 우세하다. 그러나 인간의 간섭이 그리 심한 편이 아니어서 출현종은 비교적 다양하여 그늘사초, 큰기름새, 담쟁이덩굴, 남산제비꽃, 마, 쇠뜨기도 심심찮게 보인다.

계곡에서 다시 발길을 돌려 능선을 거쳐 동쪽의 아까시나무숲을 향하면, 능선을 따라 난 등산로에서 소나무와 신갈나무 숲을 번갈아 만난다. 계곡을 중심으로 숲을 이룬 신갈나무들은 천이가 빠르게 진행되는 것 같다.

망우리공동묘지 쪽으로 해서 동쪽 비탈로 접어드니 아까시나무숲이 맞이한다. 하지만 이곳은 숲뿐만 아니라 토양도 다르다. 서쪽보다 입자가 곱고 토심 또한 깊다. 아마 서쪽의 모암이 화강암이고 동쪽은 경기편마암 복합체이기 때문일 것이다.

주름조개풀은 인간의 간섭이 잦은 곳에서 쉽게 볼 수 있다.

아까시나무는 이미 어른 나무가 되었고 부분적으로 고사목도 보여, 숲이 쇠퇴단계에 접어들었음을 말해 준다. 다행히 숲의 아래층에는 갈참나무와 졸참나무가 중간키나 작은키 나무의 수준으로 자리잡고 있어서 자연식생으로의 천이가 예견된다.

그러나 바닥에 자라는 식물들의 종 조성을 보아하니 인간의 간섭이 미쳤다. 간섭이 잦은 곳에 자주 나타나는 주름조개풀과 외래종인 서양등골나물이 넓게 자리잡았다.

이런 조림지에 적합한 수종갱신의 방법을 찾기 위하여, 다시 발길을 광장동 쪽으로 돌려 워커힐 주변의 아까시나무숲을 한번 보기로 하자.

줄기 일부를 잘라내는 인간의 직접적 간섭이 가해진 흔적이 남아 있다. 아까시나무가 여기저기에 싹을 틔우고 그 밑으로 서양등골나물이 거의 뒤덮다시피 할 정도로 무성한 것을 보니 간섭이 심하였던 모양이다. 게다가 간섭이 덜한 곳과 달리 숲바닥에는 참나무 유식물 대신 아까시나무 유식물이 자주 눈에 띄는 것 또한 천이의 진행이 어려울 것임을 예견해 준다.

아차산의 마지막 여정으로 잡고 싶은 곳은 구리시 아천동 백교마을이다. 마을 어귀의 농경지는 이미 도시화지역에 많이 편입되었지만 그 옆으로 보이는 밤나무단지와 상수리나무숲은 농촌모습을 그대로 간직하고 있다. 농경지 사이에 있는 저수지는 이전에는 주로 논에 물대는 데 쓰였겠지만 지

물봉선(위)과 고마리(아래)

금은 낚시터로 이용되고 있어 수계생태계의 모습을 찾아보기는 어렵다.

마을을 지나 좁은 골짜기로 접어들면 계류변에는 드문드문 오리나무들이 서 있고, 줄기가 하얀 물박달나무와 개벗나무도 어우러져 있다. 때로는 버드나무도 보인다. 찔레꽃, 쥐똥나무, 꼬리조팝나무 등의 작은키나무와 물봉선, 고마리, 개고사리, 바디나물 같은 풀들도 함께 어울려 있다.

오리나무숲 위쪽으로 새로운 오리나무숲이 태어날 준비를 하고 있다. 이제는 경작을 하지 않는 논에서 이런 모습이 관찰된다. 우점종인 버드나무들이 촘촘히 자라난 틈새로 오리나무가 자라기 시작한다. 필시 버드나무가 먼저 침입하였을 터이다. 그 아래에 골풀이며 고랭이가 무성한 것을 보니, 이전에는 이들이 우점 식물이었을 것이다.

게다가 천이의 진행과정이 분당지역의 묵논과 매우 유사하다. 그리고 초지 다음으로 나타나는 버드나무·오리나무로의 천이경향은 하천변의 지하수위나 혹은 그곳의 교란주기에 따라 나타나는 식생의 공간적 분포와 비슷하다.

여기서 우리는 현재 논지역의 과거 모습과 경작을 중지한 미래의 모습을

추측해 볼 수 있다. 과거에는 하천변 범람원쯤이었을 것이고, 경작을 중지
한 미래에는 오리나무숲 정도가 되지 않을까 싶다.

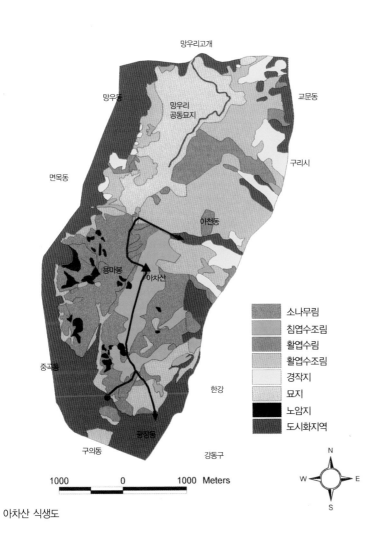

	소나무림
	침엽수조림
	활엽수림
	활엽수조림
	경작지
	묘지
	노암지
	도시화지역

아차산 식생도

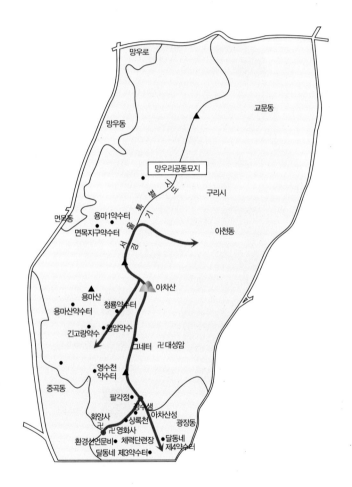

망우로

교문동

망우동

망우리공동묘지

구리시

면목동

용마1약수터

면목지구약수터

아천동

용마산

아차산

용마산약수터

청룡약수터

긴고랑약수

영암약수

긴네터

대성암

영수천 약수터

중곡동

팔각정

약수샘

아차산성

화양사

상록천

광장동

영화사

환경선언문비

체력단련장

달동네 제4약수터

달동네 제3약수터

아차산 안내도

오목눈이(왼쪽)와 딱새(오른쪽)

아차산에는 박새류 · 멧비둘기 · 꿩 · 붉은머리오목눈이 · 노랑턱멧새 · 까치 · 오목눈이 · 딱새 등의 텃새(20종)와 흰눈썹황금새 · 산솔새 · 꾀꼬리 · 흰배지빠귀 · 뻐꾸기 등의 여름철새(9종), 겨울철새 노랑지빠귀 등 30종의 새가 살고 있다. 그리고 천연기념물 소쩍새의 소리도 가끔 들을 수 있다.

아차산은 여느 산들처럼 서식환경이 단절되지 않았지만, 이곳 역시 등산객이 많은 쪽은 환경이 크게 훼손되었고 상대적으로 사람의 출입이 덜한 경기도 쪽은 삼림이 잘 유지되고 있다. 그래서 숲이 넓고 오래 된 나무가 많은 곳을 찾아드는 오색딱따구리나 뻐꾸기, 소쩍새는 경기도 쪽 지역에서 주로 볼 수 있다. 까마귀는 산꼭대기에서 관찰되며, 흰눈썹황금새 · 큰유리새 · 노랑할미새 · 알락할미새는 중곡동 쪽의 계곡에 주로 분포한다.

가을에 신갈나무나 졸참나무의 도토리가 여물면 나무 아래위를 분주하게 오르내리는 어치를 심심찮게 볼 수 있다. 어치는 도토리를 몰래 감추어놓았다가 겨우내이것을 꺼내먹곤 하는 색다른 습성을 지녔다. 이것을 '저장행동'이라고 하며, 특히박새류에게서 많이 볼 수 있다.

어치가 도토리를 먹을 때면 목 부분이 마치 포대처럼 부풀어오르는데, 바로 여기

어치

다 네댓 개 혹은 많을 때는 여남은 개의 도토리를 담아가서 저장장소에 보관한다.

　풀이 듬성듬성 난 숲바닥에 구멍을 파서 도토리 한 알을 넣고 낙엽이나 이끼로 덮기를 몇 번씩 되풀이하는 식으로 먹이를 저장하기 때문에, 때로는 꺼내먹지 못하기도 한다. 하지만 대개는 어렵지 않게 먹이를 찾아낼 만큼 기억력이 좋다. 그러다가 눈이 쌓이기 시작하면 그때부터는 나무의 갈라진 틈이나 나무와 나무 사이의 빈틈에 낙엽이나 나무껍질을 덮어서 감추어놓기도 한다.

　4월 하순~6월 하순에 4~8개의 알을 낳으며, 설치류나 새의 알·새끼, 도마뱀, 어류, 연체동물을 비롯하여 벼·옥수수·콩이나 나무열매와 과일을 가리지 않고 먹는 잡식성이다.

　조류의 생존에서 가장 중요한 것 하나가 번식이다. 그래서 종에 따라 독특한 번식 전략을 가지고 있는데, 둥지 틀 장소를 고르는 버릇 같은 것이 그중 한 가지이다.

　노랑때까치는 봄이 되면 수컷이 먼저 세력권을 형성해 놓고 암컷을 잎이 무성한 나뭇가지로 안내하여 암컷의 마음에 드는 곳에 암수가 함께 둥지를 틀며, 박새는 수컷이 암컷을 여기저기 데리고 다니면서 가장 마음에 드는 장소를 고르게 하고는 수컷 혼자 이끼를 물어와 둥지를 튼다. 또 오색딱따구리와 까막딱따구리는 수컷이 나무에 작은 구멍을 몇 개 파놓고는 암컷을 유혹해서 개중에 암컷이 마음에 들어하는 구멍을 함께 넓혀서 둥지를 튼다.

　그리고 이렇게 결정된 둥지를 보면, 천적에게 쉽게 드러나지 않고 눈비와 직사광선을 피하기에 알맞은 곳이다. 노랑때까치나 멧새 같은 작은 새들은 잎이 무성한 나뭇가지에 밥그릇 모양의 둥지를 틀며, 수리·매·까마귀 같은 큰 새들은 큰키나무의 굵은 가지와 나무줄기 사이에 둥지를 튼다. 또 딱따구리는 곧은 나무줄기나 조금 경사진 곳의 아래쪽에 구멍을 파서 둥지를 틀기 때문에 빗물이 스며들지 않는다.

아차산 역시 포유류는 매우 빈약해서(6종), 들개와 들고양이 외에 다람쥐, 등줄쥐, 흰넓적다리붉은쥐, 두더지 같은 작은 동물뿐이다. 들개와 들고양이는 망우리공동묘지 부근의 숲과 중곡동 등산로 계곡 근처에서 주로 관찰된다.

도심의 외딴 녹색섬 인왕산

인왕산은 바위산이어서 토심이 얕고 척박하여 산중턱 위로는 소나무숲만 군데군데 보인다.

인왕산은 도시화지역으로 둘러싸인 녹색 섬에 비견할 수 있다. 산지 저
지대는 대부분 아까시나무가 숲을 이루고 있고 가끔 은사시나무도 눈에
띈다. 소나무와 상수리, 개벚나무의 숲이 전면에 나타나는 곳도 있다.

바닥에 촘촘히 들어차 있는 서양등골나물과 가중나무

산중턱에는 개벚나무며 팥배나무, 상수리나무, 오리나무, 들메나무, 느티나무, 은사시나무, 물오리나무 같은 숲들이 작은 조각을 이루었다. 은사시나무숲은 주 능선 양쪽에 다 분포해 있고, 물오리나무숲은 서쪽 비탈에, 그리고 나머지 숲들은 동쪽에만 분포해 있다.

인왕산이 바위산인지라 토심이 얕고 입자가 거칠어 건조하고 척박해서, 중턱 위로는 대개 소나무만 숲을 이루고 있다.

그래도 다양한 소재를 품고 있는 인왕산길을 따라가는 맛도 그만이다.

산을 들어서니 아까시나무숲이 우리를 맞이한다. 하지만 서울 외곽의 여느 산들과 달리 숲바닥의 식물들은 매우 단순하다. 외래종 서양등골나물이 지천에 깔렸고, 역시 외래종인 돼지풀과 가중나무도 흔하다. 사람들의 간섭이 잦아서 매우 불안정한 모습이다.

도시 속의 외로운 녹색섬

왜 불안정한지, 그 이유를 한번 헤아려보자. 여러 종이 어울려 고르게 제 위치를 지키고 있는 숲과 이곳처럼 몇몇 종이 대부분을 차지한 숲을 비교해 볼 때, 전자의 경우는 불리한 환경을 맞이하여 한두 종이 사라진다 해도 다른 종이 그 틈을 메우며 큰 변화 없이 본래의 모습을 유지할 수 있을 것이다. 그러나 후자는 이런 상황을 맞닥뜨리면 종수가 적고 그들이 차지하고 있는 면적이 넓기 때문에 그 공백을 메우는 데 시간이 많이 필요하고 어려움이 따를 수도 있다. 그래서 숲이 전혀 다른 모습으로 바뀌거나 아예 사라지기도 한다.

결국 환경의 다양성은 안정성과 밀접한 관계가 있는 것이다.

그 옆으로 은사시나무숲도 보이지만 큰키나무만 다를 뿐 나타나는 종은 비슷하다.

아까시나무숲이 계속 이어지면서 군데군데 상수리나무숲이 있다. 아마 아까시나무 조림지가 없었다면 상수리나무들이 주인 노릇을 했을 터이다.

인근에는 개벚나무가 들어와 숲을 이루기도 했고 팥배나무, 때죽나무,

자생식물의 서식지를 침범하며 꽃가루는
피부알레르기와 호흡기 질환의 원인이 되어 생태계 위해 외래식물로 지정된 돼지풀

산초나무, 싸리, 산철쭉, 댕댕이덩굴, 큰기름새, 김의털, 담쟁이덩굴도 보인다. 그 옆에 소나무가 숲을 이루었는데, 조금 전의 상수리나무숲과 마찬가지로 인간간섭에서 비롯된, 문화경관의 한 요소일 것이다.

길게 이어진 아까시나무숲 사이로는 개벚나무숲이 비죽이 고개를 내밀었다. 습한 계곡에 자리 잡은 개벚나무숲 바닥에서는 국수나무, 산초나무, 노린재나무, 청가시덩굴, 작살나무, 진달래, 큰기름새, 주름조개풀 등이 자라고 있다.

산초나무의 열매와 줄기

역시 아까시나무숲과 소나무숲이 번갈아 나타나더니, 굽은 길 옆 계곡으로 느티나무숲이 보인다. 그저 흔적일 뿐이지만 참으로 반갑다. 이 숲도 예외 없이 인간의 간섭이 빚은 영향을 받고 있으나, 이런 간섭에서 벗어나고 계곡 위쪽의 약수터가 자연으로 되돌려진다면 지금처럼 불안한 위치는 면할 수 있으련만. 사람들의 너그러운 배려가 절로 아쉽다.

숲바닥은 돌이 많아서 식물의 종류가 빈약하고, 교란된 장소에 주로 많이 자라는 팥배나무, 때죽나무, 국수나무가 넓게 퍼져 있다.

사람들의 너그러운 배려만 있으면

작은 계곡을 따라 올라가 보면, 개벚나무와 상수리나무 숲 사이로 오리나무숲이 보인다. 비록 넓지는 않지만, 느티나무숲만큼이나 반갑다. 좀 전의 느티나무숲이나 이 숲은 오랫동안 사람들의 출입을 제한한 덕분에 살아남을 수 있었을 것이다. 하지만 숲의 계층구조나 종의 조성을 보면 정상의 모습과 거리가 멀다. 지속적인 관심이 뒷받침되어야 할 것이다.

다시 인왕산길로 돌아와 걷다 보면 굽은 길 옆에 들메나무숲이 있다. 생김새는 물푸레나무와 비슷하지만, 좁고 자잘한 잎이 많이 나 구별된다.

보기 드문 들메나무숲이 형성된 것도 오랫동안 출입을 제한한 덕분일 것이다. 그럼에도 숲의 계층구조와 종의 조성은 제대로 되었다고 볼 수 없다. 바닥에 국수나무가 번성하는 것이 그 증거이다.

산길에서 비탈 위쪽을 올려다보면, 갖가지 숲이 복잡하게 어우러져 있다. 아까시나무숲은 여전히 이어지고 소나무, 개벚나무, 팥배나무, 상수리나무 숲이 조그맣게 자리잡았다.

인왕산에서 겨우 명맥을 유지하고 있는 느티나무와 그 수피

팥배나무숲은 키는 작지만 밀도는 매우 높다. 게다가 온통 독차지한 부분이 많아 다른 식물의 정착을 원천봉쇄한다. 꽤나 욕심이 많은 나무인 듯하지만, 달리 생각하면 살아남기 위한 몸부림이지 싶다. 이런 여건이 아닌 곳에서 다른 나무들과 경쟁하면 번번이 지기 십상이다. 하늘을 향해 뻗은 가지들이 서로 빨리 자라기 위해 서두르는 듯하다. 한 가닥의 햇빛이라도 더 얻어야 살아남는 데 유리하기 때문이다.

생태성향이 비슷한 개벚나무가 함께 섞여 자라고 국수나무, 참싸리, 싸리, 큰기름새, 댕댕이덩굴, 산철쭉이 자주 눈에 띈다. 신갈나무도 기회가 왔을 때 자리를 차지하려고 미래를 준비하고 있다.

산철쭉

소나무 수꽃(왼쪽)과 수피(오른쪽)

　능선으로 올라 주 능선을 따라 걸으면 온통 소나무숲이다. 나타나는 식물들도 여느 산들과 흡사하다.

　이따금씩 건장한 소나무가 보이지만, 잎이 좀더 거칠고 길다. 가지 끝에 난 겨울눈을 자세히 살펴보니 새싹이 될 눈을 감싸고 있는 비늘의 색깔이 다르다. 소나무의 비늘은 갈색인데, 이 나무는 흰색이다. 그리고 침엽의 수는 소나무와 마찬가지로 두 개다. 그래서 소나무와 곰솔(해송)은 비늘색깔로 구분한다.

　다른 산들과 비교해 볼 때, 인왕산은 좀 단순한 편이다. 아마 고립된 섬처럼, 산자락이 특히 많이 잘려나가서 그럴 것이다. 사람들의 출입을 제한하면서 계곡을 중심으로 제 모습을 되찾아가고는 있으나, 그 면적이 넓지 못하고 잃어버린 산자락은 여전히 되찾을 수 없으니 안타까울 따름이다.
다시 한 번 사람들의 너그러운 배려를 구하고 싶다.

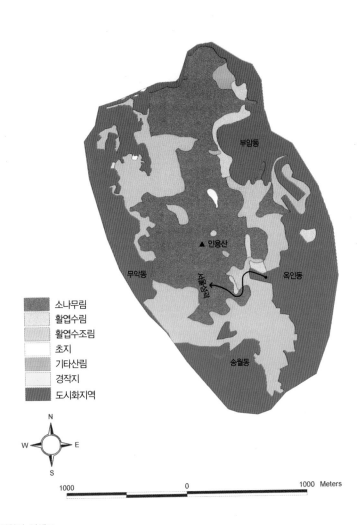

인왕산 식생도

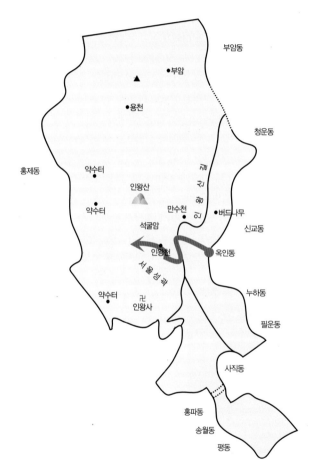

부암동

부암

용천

청운동

홍제동

약수터

인왕산

약수터

만수천

버드나무

신교동

석굴암

인왕천

옥인동

누하동

약수터

인왕사

필운동

사직동

홍파동

송월동

평동

인왕산 안내도

인왕산에는 17종의 조류가 살고 있으며, 숲새와 꾀꼬리를 제외하고는 까치, 꿩, 멧비둘기, 쇠박새, 박새 등 모두 텃새이다. 또 인근의 도심에 사는 집비둘기들이 바위에 앉아 쉬고 있는 모습을 흔히 볼 수 있다. 전체적으로 조류상이 매우 빈약하다.

사직공원 뒤편의 숲에서는 꾀꼬리와 어치가 살고, 꼭대기로 올라가는 능선의 암석지대에서는 꿩을 만난다. 그리고 숲이 비교적 잘 보존되어 있는 부암동 마을 뒤편에서는 오색딱따구리와 쇠딱따구리, 딱새, 어치, 꾀꼬리를 관찰할 수 있다.

녹음의 숲을 날아오르는 노란 꾀꼬리는 참으로 아름답다. 이런 모습은 공원이나 농경지 옆의 자그마한 숲 혹은 침엽수림과 낙엽활엽수림에서 어렵지 않게 볼 수 있다.

암수가 같이 혹은 혼자서 주로 나무 위에서 생활하는 꾀꼬리는 목욕을 좋아하여 나무 위에서 물 속으로 날아들었다간 다시 돌아와 날개를 가다듬곤 한다. 하지만 겁이 많아서, 늘 높은 나무의 나뭇잎 뒤에 숨어 있다. 파도 모양으로 날면서 고양이 울음소리 비슷하게 "우갸야, 우갸야" 하는 소리를 내지만, 번식기에는 나뭇잎 사이에서 "삣 삐요코 삐요, 삣 삐요코 삐요" 하며 아름답게 노래한다.

벼과 식물의 잎이나 마른풀, 잡초의 가는 뿌리를 거미줄로 엮어 움푹한 밥그릇 모양의 둥지를 만들어서 높이 2~5m 정도 되는 나뭇가지에 역시 거미줄로 매달아놓는다. 5~7월이면 4개 가량의 알을 낳지만, 그중 부화되는 것은 두세 개뿐이며 또 살아남아서 둥지를 떠나는 놈은 잘해야 한두 마리다.

집비둘기

최근에는, 전해에 태어난 새끼꾀꼬리가 어미를 도와서 올해 부화한 새끼를 함께 키우는 것이 확인되었다. 조류생태학에서는 이런 어린 새를 도우미(helper)라고 부른다. 가령 둥지 가까이 낯선 침입자가 나타나면 그중에서도 도우미가 가장 공격적으로 싸운다.

꾀꼬리는 봄에는 딱정벌레나 나비, 매미, 메뚜기 같은 곤충류와 거미류를 즐겨 먹고, 가을에는 벚나무열매나 산딸기, 머루를 따먹는다.

포유류는 들개와 들고양이를 포함해 7종이 서식한다. 그러나 살고 있는 수는 그리 많지 않은 것으로 보인다. 다람쥐가 간혹 관찰되며, 멧토끼도 배설물이 가끔 발견된다. 몸집이 작은 등줄쥐와 흰넓적다리붉은쥐도 다른 산들에 비해 많지 않은 것 같다. 들개와 들고양이도 부암동 마을 근처에서 간혹 보인다.

멧토끼는 건조하고 따뜻한 기후를 좋아해서 주로 야산지대에 분포하며, 특히 경계를 잘할 수 있는 사방이 탁 트인 곳을 선호한다. 주로 새벽에 돌아다니지만, 이른 봄이나 늦겨울 혹은 짝짓기를 할 때는 낮에도 활동을 한다. 단독 혹은 집단 생활을 하며, 주로 겨울에 집단생활을 한다.

암수의 구별이 잘 되지 않으며, 뿌리·줄기·열매·꽃·나무껍질 등을 먹는 거의 완전한 초식성이다. 긴 막창자꼬리에서 섬유질을 분해해서 밝은 황갈색의 마른 변과 짙은 색의 축축한 변을 배설하여, 비타민B_1이 풍부한 축축한 변은 다시 먹는다. 그래서 우리가 흔히 볼 수 있는 멧토끼의 배설물은 둥그스름한 마른 변이다.

12월부터 이듬해 8월까지 서너 차례 짝짓기를 해서 한 번에 1~3마리의 새끼를 낳는다. 임신한 상태에서 다시 임신을 할 수 있는 특성을 가졌지만, 대개 출산을 하고 약 40일이 지나면 또 임신을 한다.

다람쥐는 울창한 침엽수림에 많이 살고 있으나, 활엽수림이나 바위가 많은 돌담 같은 곳에서도 서식한다. 겨울에는 땅속 굴이나 바위구멍에서 반수면 상태로 겨울잠을 자며, 3월 중순쯤 겨울잠에서 깨어나 활동이 활발해지면 곧 교미를 시작한다. 1년에 두 차례 4~8마리의 새끼를 낳으며 임신기간은 약 25일이다.

멧토끼

선이 곱고 섬세한 **청계산**

서울시와 경기도 성남시 · 과천시 · 의왕시의 경계를 이루는 청계산은 망경대(618.2m)를 주봉으로 하며, 그 주변은 출입통제구역으로 지정되어 일반인의 출입이 철저하게 통제되고 있다. 주 능선은 국사봉(540m), 망경대, 청계산(582.5m), 옥녀봉(375m)으로 이어져 남북으로 달리지만, 망경대 이남에서는 두 개의 능선이 동서로도 길게 내달린다.

흔히 청계산은 산세가 둥그렇고 모나지 않아, 굴곡이 심하고 경사가 급해 남성적인 산으로 일컬어지는 관악산과 반대로 여성적인 산이라 한다. 한눈에 보아도 청계산은 서울의 여느 산들과 다르게 바위가 드러난 부분을 거의 찾아볼 수 없으며, 활엽수림이 산을 거의 뒤덮었다.

청계산 입구의 밭

청계산의 저지대는 도시화지역이 크게 차지하지 않아, 산자락이 비교적 잘 보존되어 있다. 그런 만큼 생태적 중요성도 크다. 도시화된 지역의 폭도 다른 지역에 비해 매우 좁으며, 도시화지역에도 고층건물이 거의 없어 용적률이 낮은 편이다. 이런 점에서도 자연보존상태가 양호하지만, 실제로 도시지역의 자연보존상태를 가장 의미 있게 진단할 수 있는 양서류와 파충류의 종수가 다른 지역보다 약 2배나 많다.

부분적으로 나타나는 도시화지역 사이는 농경지가 차지하고 있다. 개중에 논은 조경수목이나 원예식물, 청과류를 재배하는 시설농업지로 바뀌어 산지계곡의 일부를 제외하면 거의 남아 있지 않다. 밭에서는 잡곡, 채소, 약초 등이 재배되고 일부는 주말농장으로 운영되고 있다.

경작지를 지나 산으로 접어들면 가장 먼저 아까시나무숲을 만난다. 그러

숲을 이루고 있는 일본잎갈나무

나 양재동 양곡도매상 뒷산처럼 한쪽에는 비교적 넓은 면적의 밤나무 조림지가, 또 한쪽에는 은사시나무가 조성된 예외적인 곳도 있다. 이 방향의 등산로에서는 조림지 뒤로 신갈나무숲과 일본잎갈나무 · 리기다소나무 조림지가 번갈아 나타난다.

계속 올라가 옥녀봉에 이르면 리기다소나무 조림지가 주류를 이루면서 주변에 소나무숲과 상수리나무숲도 보인다. 이 근처의, 최근에 불이 난 곳에는 참싸리와 칡이 우세하다.

불이 난 곳에 참싸리가 우세한 것은, 이 식물의 종자발아를 결정하는 효소의 활성이 불이 났을 때 온도가 증가하여 높아졌기 때문이다. 또 발아 후 계속 생존할 수 있는 것은 다른 식물들이 불에 타 고사되어 유입되는 빛의 양이 많아졌기 때문이다. 불이 났을 때 질소가 휘산되고 유기물도 불에 타

산불과 생태적 변화과정

산불은 하나의 교란요인으로서 대체로 천이단계를 후퇴시킨다. 산불의 강도에 따라 생태적 변화과정이 달라지는데, 정도가 약하면 산불 이전과 유사하지만 정도가 강하면 천이 초기단계로 돌아가 다시 천이과정을 밟는다.

1996년에 대형산불이 일어난 고성지역의 경우, 신갈나무나 굴참나무 같은 활엽수림에서는 불의 강도가 낮아 숲의 형태가 이전과 크게 달라지지 않았다. 하지만 불이 심했던 소나무숲에서는 참싸리가 우점하는 작은키나무 숲을 거쳐 이전의 소나무숲에서 하층식생을 이루었던 참나무숲으로 이어질 가능성을 보이는 장소와, 참싸리숲

최근에 불이 난 곳에는 참사리와 칡이 우세하다.
(원 안은 칡꽃)

으로 더 오랫동안 머물다가 본래의 소나무숲으로 돌아올 가능성이 있는 장소가 발견되었다. 또 청계산·아차산의 산불지역에서는 참싸리가 하나의 천이단계를 이룬 장소와 그보다 천이가 진행되어 떡갈나무숲을 이룬 장소도 발견되었다.

이런 산불이 자주 발생하면 천이단계가 더욱 후퇴하여 그 발생주기에 따라 작은키나무 숲이나 풀밭으로 계속 유지되기도 하는데, 이런 상태의 식생을 '화재극상'이라 부른다.

공급원마저 사라진 상태여서 토양 중의 질소함량이 크게 부족한 것도 참싸리가 번성하는 배경이 될 것이다. 새로 도로가 나거나 산사태가 발생한 곳 등 천이 초기상태의 열악한 환경에 콩과식물이 번성하는 것과 같은 원리이다.

더 오래 전에 불이 난 흔적이 있는 장소도 발견되는데, 이런 곳은 떡갈나무가 우세하고 칡은 거의 사라진 상태이며 참싸리도 매우 드물다.

초기에 자리잡은 참싸리나 칡 등이 자라면서 환경이 안정되어 새로운 식물들이 자리잡게 되었고, 그에 따라 천이 초기의 열악한 환경에 잘 적응하는 식물들이 경쟁력이 떨어져 밀려났기 때문이다. 생태계 차원에서 보면, 그곳에 살고 있는 식물들이 생활사를 이어가며 유기물을 공급함으로써 계내에 자체 질소원이 확보되었기 때문에, 질소고정식물이 더 이상 필요 없어진 것도 한 요인이 될 것이다.

산의 건강함이 지켜져야 하건만

사람들이 가장 많이 이용하는 원터골 등산로를 따라가다 보면 계류변에 오리나무가 띠 모양으로 분포해 있고, 계곡의 폭이 넓은 곳에는 계류변에서 산지의 비탈을 향해 달뿌리풀군집→갯버들군집→오리나무군집 순서의 식생분포를 보인다.

이것은 하천변의 전형적인 식생분포 형태인데, 청계산이 서울 주변의 산 가운데 자연이 가장 잘 보존되었음을 말해 주는 것이다. 그러나 이곳 역시 사람들의 과도한 보호심리에 의해 계류변에 축대가 놓이고 소중한 자연공간을 인공으로 바꾸어놓고 있으니 안타까운 노릇이다.

이런저런 아쉬움을 뒤로하고 산행을 재촉하니 정자 하나가 나타난다. 사람들이 삼삼오오 모여 약수터에서 마른 목을 축이며 쉬고 있다. 주위에 갈참나무 몇 그루가 눈에 띈다. 약수터가 개발되지 않았다면 저 나무들이 주인 노릇을 하였을 텐데….

사실 청계산 동쪽의 저지대에 있는 경남사와 청계사 사이에는 갈참나무 순림이 형성되어 있다. 인간의 간섭만 아니라면, 이곳에서도 그와 같은 숲을 볼 수 있었을 터이다.

숨을 고르고 다시 길을 나선다. 시골의 우마차로 정도는 족히 됨직한 넓은 등산로가 나 있다. 아마 사람들이 너도나도 몰려와서 제대로 질서도 지키지 않고 오르내리다 보니 이렇게 넓어졌을 것이다.

사람들의 발길로 다져진 바닥의 흙입자가 곱다. 북한산이나 관악산의 토양입자하고는 사뭇 다르다. 북한산과 관악산의 모암은 화강암이지만, 청계산은 편마암류이기 때문이다.

일반적으로 입자가 고운 토양은 거친 토양보다 식물의 생육에 낫지만, 이처럼 인간의 간섭이 심한 환경에서는 그 반대인 것 같다.

여러 갈래로 난 등산로 사이에 남아 있는 나무들의 생육상태가 북한산이나 관악산의 비슷한 장소에 있는 나무들의 모습만 못하다. 사람들의 발자국에 대한 토양의 반응이 달라서인데, 똑같은 세기로 땅을 밟아도

나무들이 주인 노릇 하던 곳에는 약수터가 들어서고

일반적으로 고운 입자가 더 심하게 다져지기 때문이다.

우리가 흙을 밟는 느낌도 다르다. 화강암에서 생겨난 토양은 건조할 때 미끄럽다. 그래서 신발바닥에 홈이 깊게 팬 등산화는 미끄러짐을 얼마간 막아주므로, 이런 지역은 등산화를 신고 산행하는 것이 안전하다. 그러나 청계산처럼 토양입자가 고운 등산로는 습할 때 잘 미끄러지기 때문에, 비가 내리거나 비 온 뒤에는 등산화를 신어도 잘 미끄러진다.

등산로를 벗어나면 거의 활엽수림으로 덮여 있다. 저지대에는 굴참나무가, 그리고 남쪽 비탈에 상수리나무숲도 간혹 보이지만 신갈나무숲이 대부분이다. 청계산에서는 망경대 이남을 제외하고는 숲의 꼴을 갖춘 굴참나무를 보기 어렵다.

굴참나무는 수피가 발달하여 코르크 재료로 쓰이기 때문에, 과거에는 수피를 벗겨내어 팔기도 했다. 다른 자원가치로는, 발달한 수피 때문에 불에 잘 견디는 성질을 가진 점을 들 수 있다. 근래 세계적으로 큰 산불이 자주 일어나고, 우리나라에서도 1996년의 강원도 고성산불과 2000년의 동해안 산불을 비롯하여 대형산불이 자주 일어난다.

우리나라에서는 사후대책으로 적절한 복원대책의 수립과 사전대책으로 산불예방 및 방화림조성을 논의하고 있는데, 이때 굴참나무는 방화림의 수종 역할을 톡톡히 할 수 있을 것이다. 내가 조사한 바로도, 강원도 고성지역이나 동해안의 산불지역에서 굴참나무숲이 산불피해가 가장 낮았다.

방화림 역할을 톡톡히 하는 굴참나무

굴참나무는 상수리나무와 잎 모양이 비슷하지만, 잎 뒷면의 색깔이 상수리나무는 연두색이고 굴참나무는 흰색에 가깝다. 굴참나무잎 뒷면이 흰색

굴참나무는 수피가 발달하여 코르크 재료로 쓰인다.

으로 보이는 것은 그곳에 난 털 때문이다. 바로 이 흰털이 여러 가지 역할을 하는데, 그중에서도 수분소실을 막는 효과가 높다.

우리나라에 자생하는 낙엽성 참나무 중 굴참나무는 수분부족에 대한 내성이 가장 큰 것으로 알려져 있다. 그래서 산의 남쪽 비탈에서도, 전석지(풍화의 한 과정으로 발생한 돌이 쌓인 돌무덤. 돌서렁이라고도 함)처럼 돌이 많고 토양두께가 얇은 곳에 주로 숲을 이룬다. 이런 분포지 특성을 가지고도 굴참나무와 상수리나무를 구별할 수 있다.

상수리나무숲은, 양재동과 과천시 주암동에서는 산자락에 남아 있는 작은 봉우리에 아까시나무 조림지와 더불어 있지만, 의왕시나 성남시 쪽으로 가면 마을주변을 에워싸는 전형적인 문화경관의 중요한 요소로 자리잡은 모습이 완연하다.

상수리나무숲과 성립배경이 비슷한 또 하나의 문화경관 요소로는 소나무숲을 들 수 있다. 자연상태에서는 소나무숲이 건조하고 척박한 능선이나 꼭대기에만 형성된다.

그러나 인간의 간섭에 의해 경쟁관계에 있는 나무들이 제거되어 자연적 성립지대와 유사하게 개방된 곳이 마을 주변에 만들어지면, 소나무는 풍부한 종자생산 능력과 날개 달린 종자의 긴 산포능력을 발휘하여 이런 장소에 쉽게 침입한다. 청계산에서는 옛골과 서울대공원 주변에 이렇게 해서 형성된 소나무숲이 있다.

하지만 청계산의 주 능선에 일부 남아 있는 소나무숲은 토지극상에 가까운 형태로서, 계층구조와 종의 조성 면에서 차이를 보인다. 마을 주변의 소나무숲은 과거 사람들이 산을 자주 이용하던 시절에 인간간섭에 의해 천이의 진행이 억제되어 남아 있는 것이다. 그러나 이런 간섭이 크게 줄어든 오늘날 소나무숲의 바닥은 과거에 잘린 둥치에서 새로 돋아난 싹들이 자라서 하나의 계층을 이룸으로써 활엽수림처

소나무는 주로 건조하고 척박한 능선이나 산꼭대기에서 숲을 이룬다.

녹지축

인위환경은 본래의 자연환경을 변형시켜 만들어지는데, 이때 전자는 각종 환경스트레스를 유발하는 발생원이고 후자는 고정원이다. 오늘날의 도시환경은 이 인위환경이 많고, 녹지 같은 자연환경은 적으면서도 흩어져 있어 그나마의 기능도 떨어진다. 이런 흩어진 녹지를 연결하여 '축'의 형태로 만드는 것이 녹지축 개념이다.

녹지축은 과밀하게 도시화된 지역에 바람과 물을 공급하고 통로역할을 하며, 주변에서 발생하는 환경스트레스에 대해서는 고정원의 역할을 할 수 있다. 또 먹이가 부족한 야생생물들에게는 먹이를 얻는 길을 제공하고 생식적 교류의 길을 터주어 멸종위기를 막을 수도 있다.

녹지축은 철학적으로 풍수지리사상과도 통하는 면이 있다. 다만 기존의 자연을 이용하는 데 중점을 두는 풍수지리사상과 달리 녹지축은 녹지가 부족한 부분을 보충·보강하는 등 보다 적극적이다. 풍수지리사상은 자연과 조화를 이루어 자연의 혜택을 이용하자는 것인데, 오늘날의 대도시는 풍수지리사상에서 강조하는 것을 손상시키면서 형성되었기 때문에 풍수지리사상의 효용성이 떨어진다. 하지만 과도하게 개발되지 않은 지역에서는 의미 있는 환경계획 지침을 제공할 수 있다.

럼 4층 구조로 되어 있다.

그에 비해 능선의 소나무숲은 구조가 이보다 단순한 3층이다. 종의 조성에서도 저지대의 소나무숲은 다음 천이단계인 참나무숲과 비슷하지만, 능선의 소나무숲에서는 건조한 곳의 특징을 반영하여 노간주나무, 참싸리, 새, 돌양지꽃, 삽주, 참억새 등이 자란다.

청계산 곳곳에 신갈나무가 숲을 이루다 보니, 같은 신갈나무숲이라도 장소에 따라 종의 조성이 다르며 숲의 미래를 예측할 수 있는 주요 종의 크기 분포도도 차이가 난다.

특히 매봉 이북과 이남에서 뚜렷이 차이가 나타난다.

매봉 이북의 신갈나무숲은 하층에 팥배나무가 번성하여 종 조성이 단순해지는 경향을 보이고, 크기 분포도를 분석해 보면 팥배나무숲으로 퇴행천이될 조짐이 나타난다.

정상적인 천이에서 신갈나무숲은 종의 조성이 다양하고 내음성과 경쟁력이 높은 종이 우점하는 숲으로 바뀌어가지만, 이곳의 경우 신갈나무보다 내음성과 경쟁력이 낮은 팥배나무가 번성하고 종의 조성도 단순해지고 있다는 점에서 퇴행천이라 볼 수 있다. 아마 도심의 녹지결핍과 과도한 에너지사용에 의한 도시기후의 영향 때문에 대기 오염물질이 이동하여 쌓인 것이 퇴행천이의 원인일 것이다.

게다가 최근 청계산에서 일어나고 있는 몇 가지 변화가 불길한 예감으로 다가온다. 서울의 여느 산들보다 잘 보존되어 있는 청계산의 산자락이 잘려나가는 사업이 계획대로 추진될 경우 예상되는 모습이 그렇고, 연결된 녹지축을 잘라 청계산을 고립무원으로 만들고자 하는 신도시개발이 추진되었을 때의 모습 또한 그러하다.

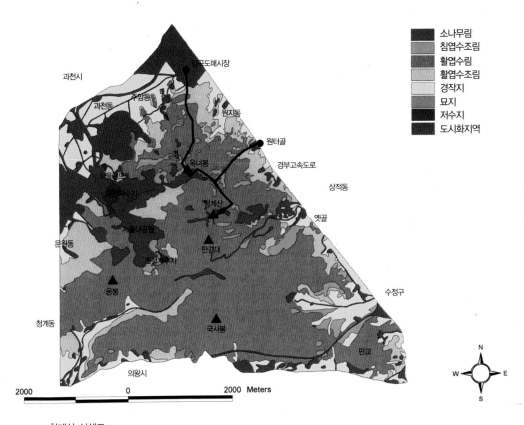

청계산 식생도

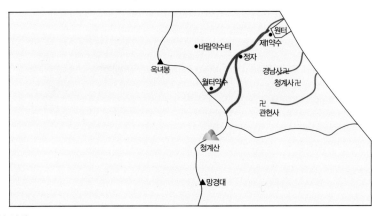

청계산 안내도

청계산의 조류는 35종으로 알려져 있다. 그중 박새 · 쇠박새 등의 박새류와 멧비둘기 · 꿩 · 붉은머리오목눈이 · 노랑턱멧새 · 까치 등 텃새가 23종으로 가장 많고, 흰눈썹황금새 · 큰유리새 · 산솔새 · 꾀꼬리 · 흰배지빠귀 · 뻐꾸기 등의 여름철새 (11종)와 겨울철새 노랑지빠귀 순이다. 황조롱이(천연기념물 323호)와 소쩍새(천연기념물 324호)도 드물게 관찰된다.

노랑지빠귀

원지동 쪽 계곡 부근과 서울랜드 뒷산의 조절저수지 부근의 계류에서는 큰유리새, 굴뚝새, 알락할미새, 노랑할미새 등이 서식하고 있으며, 특히 갖가지 조류를 관찰할 수 있는 조절저수지에서는 흰뺨검둥오리가 번식을 한다. 그리고 멧새, 노랑턱멧새는 관목이 있는 개활지에 주로 살며, 둥치가 굵은 나무들이 많은 원지동 계곡과 매봉 부근에서는 청딱따구리, 오색딱따구리, 쇠딱따구리도 만난다.

소쩍새, 쏙독새, 뻐꾸기가 서식하기 위해서는 넓은 면적이 필요한데 청계산은 이 새들이 충분히 살아갈 만큼 넓다. 박새류는 거의 골고루 분포해 있으며, 검은등뻐꾸기는 주로 해발 250m 이상에서 관찰된다. 그러나 꿩은 낮은 지대의 숲 가장자리를 좋아하며, 때까치는 저지대의 개활지에 주로 보인다.

이처럼 새들은 고유의 서식장소와 일정한 행동권을 갖추고 있다. 그래서 새들의 행동이나 이동경로를 추적하다 보면 재미있는 사실을 발견한다. 새들은 한 시간, 두 시간, 세 시간, 네 시간까지는 행동범위를 넓혀가기 때문에 흔히들 새는 어디든지 자유롭게 갈 수 있다고 생각한다. 그러나 계속 추적해 보면, 시간이 흐를수록 행동범위가 한 가지씩 결정되는 것을 확인할 수 있다. 대개 먹이장소, 목욕장소, 휴식장소, 은신처, 둥지의 위치, 주위의 다른 새와 싸운 지점, 잠자리 등을 행동범위라 하며, 이 모두를 포함한 최대 범위를 행동권(home range)이라고 부른다.

행동권의 규모는 몸의 크기에 거의 비례한다. 가령 몸집이 큰 검독수리의 행동권은 80~120㎢에 이르며, 중형인 참매는 40~80㎢이다. 또 암수의 몸집이 크게 차이가 나는 작은 새매류의 경우에는 몸이 큰 암컷은 행동권이 10㎢인 데 비해 수컷은 5㎢ 정도밖에 안 되며, 아주 자그마한 참새목의 새들은 대부분 1㎢에도 못 미친다.

새가 행동하는 모든 지역을 행동권이라 하면, "다른 개체들과 배타적으로 이용되고 방어되는 지역"이라고 정의할 수 있는 세력권(territory)이라는 것이 있다. 이 정의에서 알 수 있듯이, 세력권은 행동권에 포함되는 개념이기 때문에 행동권보다 작고 새 고유의 세력권들은 대개 중첩되지 않는다. 특히 번식기에는 이 세력권이 주로 수컷의 공격적인 행동과 울음소리에 의해 방어되며, 세력권의 주인은 침입자를 발견하면 같은 종일지라도 공격하여 쫓아낸다.

세력권의 기능은 종에 따라 다르지만 번식기의 세력권은 크게 네 가지로 나눌 수 있다.

첫째는, A형 세력권이라고 부르며 세력권 안에서 구애, 짝짓기, 둥지 틀기, 먹이 구하기 등 모든 활동이 이루어진다. 주로 곤충을 잡아먹는 작은 새들의 대부분과 수리류 · 매류 · 올빼미류 같은 맹금류에서 볼 수 있는 세력권이며, 세력권의 크기는 몸무게와 비례한다.

두번째 B형 세력권은 먹이 구하기를 뺀 모든 번식행동이 세력권 안에 한정되는 유형이다. 개개비나 쇠개개비 등이 여기에 속하는데, 개개비류는 갈대숲에 한정되어 서식한다. 세력권의 크기는 0.1~0.2ha이며, 어미새와 새끼새의 먹이의 일부는 세력권 안에서 구하지만 대부분은 갈대숲 주위의 풀밭이나 논밭에서 얻는다.

셋째로 C형 세력권은 둥지 주변만 방어하는 작은 세력권으로서, 찌르레기처럼 나무구멍에서 둥지를 트는 새나 바다새들에게서 흔히 볼 수 있다.

넷째는 구애나 짝짓기를 위해 만들어지는 D형 세력권이다. 다부다처인 들꿩류가 여기에 해당하는데, 이 세력권 내에서 수컷은 구애행동을 하고 교미를 한다. 재미있는 것은, 암컷은 교미가 끝나면 수컷의 세력권에서 벗어나 다른 곳에 둥지를 틀고 혼자 남은 수컷도 교미시기가 끝나면 세력권 방어를 포기한다.

포유류는 10종이 서식하고 있는데, 소형 포유류로는 청설모, 다람쥐, 등줄쥐, 흰넓적다리붉은쥐 4종이 있고 그중 다람쥐가 가장 많이 산다. 배설물이 있는 것으로 보아 멧토끼도 살고 있는 것 같으며, 족제비와 고슴도치, 오소리, 너구리를 보았다는 주민도 있다.

포유류는 주로 꼭대기에서 옥녀봉까지의 좌우 계곡지역에 분포하는데, 청계산은 경기도 의왕시, 성남시와 접하고 산림이 비교적 넓게 자리잡고 있어서, 중간크기의 포유류가 서식하기에 알맞은 것으로 보인다. 그 밖에 원지동 입구의 약수터 부근이나 쓰레기가 내버려져 있는 곳에서는 들개와 들고양이를 쉽게 만난다.

야행성 동물 오소리는 활엽수림이나 혼합림에서 주로 생활하며, 쥐나 멧토끼 같은 포유류에서부터 새알·곤충·어류 등 육식성을 위주로 하는 잡식성이다. 과일이나 씨앗 같은 식물성은 대개 가을에 많이 먹는다.

암수가 크기만 다를 뿐 색깔은 똑같으며, 턱이 뾰족한 원통 모양의 얼굴에 다리는 짤막하다. 하지만 앞다리의 힘이 세서, 이 앞다리를 이용하여 숲 가장자리나 묘지 주변, 개방된 경사지에 30m 가량의 굴을 파서 생활한다. 수영도 곧잘 하며, 위급한 상황을 맞닥뜨리거나 심한 쇼크를 받으면 죽은 척하고 있다가 틈을 타서 잽싸게 역습한다거나 도망치는 독특한 습성을 가지고 있다. 요즈음 밀렵의 표적이 되면서 그 수가 급속도로 줄어들고 있어, 한시바삐 보호가 되어야 할 종이다.

하천 생태여행에 앞서

생태계

생물집단과 그것을 둘러싸고 있는 비생물환경 사이에는 물질순환과 에너지 흐름이 일어나 하나의 조화된 계(system)가 이루어지는데, 이런 자연계의 기본 단위를 생태계라고 한다.

생태계는 구성 면에서 크게 생물집단과 비생물환경으로 나뉘지만 양자는 독립된 것이 아니라, 생태계의 기능으로 알려진 물질순환과 에너지 흐름을 통해서 서로 떼려야 뗄 수 없는 관계를 맺는다. 식물(생산자), 동물(소비자), 미생물(분해자)로 구성된 생물집단의 구성원 역시 상호 분리될 수 없는 밀접한 관계를 맺고 있다.

생물집단과 비생물환경의 분리 불가성은 여러 가지 예로 확인할 수 있다.

강물을 한 그릇 떠서 관찰해 보면, 물 속에는 다양한 생물들이 함께 살고 있다.

육지 생태계의 흙과 마찬가지로 물은 하천 생태계에서 비생물환경에 해당하는데, 그 속에 각종 생물이 살고 있는 것이다. 또 물가에 자라는 식물들을 자세히 들여다보면, 기어다니거나 잎을 갉아먹거나 꽃에서 꿀을 빨아먹는 등 갖가지 행동을 보이는 동물들을 관찰할 수 있다. 때로는 그 주변에서 그들의 배설물 흔적도 발견된다. 우리가 잘 알고 있듯이, 동물들이 먹이를 섭취하고 배설한 불필요한 부분이 식물에게는 비료성분이 된다. 육안으로 쉽게 관찰되지는 않지만 미생물 또한 식물이나 동물로부터 먹이를 얻으며, 이를 분해해서 식물에게 비료성분을 공급하여 성장을 돕는다. 이처럼 생물과 생물, 생물과 비생물환경의 서로 분리될 수 없는 관계를 통해서 하나의 계로 통합된 것이 생태계이다.

하천 생태계의 구조적인 틀은 물이 흐르는 수로, 강턱, 강둑 세 부분으로 나뉜다.

한강의 강턱에 성립된 습생식물(방화동)

　수로에는 생산자인 조류(algae), 소비자인 동물성플랑크톤·수서곤충·
어류, 분해자인 박테리아와 곰팡이류가 살고 있다. 그리고 이들은 물과 물
속에 함유되어 있는 각종 무기물(화학물질)과 유기물(생물)을 물리·화학
적 환경으로 삼는다.

　강턱은 홍수 때를 빼놓고는 육지 생태계의 모습을 유지하며, 강둑은 홍
수방지 목적으로 쌓았기 때문에 거의 늘 육지 생태계의 모습을 보인다.

　중랑천의 하중도→수로변→강턱→강둑의 식생을 살펴보면, 큰개여뀌군
집→쇠별꽃–며느리배꼽군집→참새귀리-토끼풀군집→개나리-개망초군
집 순서로 자리잡고, 강둑에는 은행나무가 일렬로 심어져 있다.

　이와 같이 도시하천의 식생은 자연 혹은 반(半)자연 지역의 하천식생보
다 종의 조성과 계층구조가 단순하다. 그러다 보니 곤충과 새의 종류도 매

우 단순하여, 특히 새의 경우는 비둘기와 까치처럼 인간활동에 의존해서 생활하는 조류 외에는 관찰하기 어렵다.

　물론 계절에 따라 다소 차이가 나므로, 겨울에는 비교적 많은 철새가 찾아와 그만큼 밀도와 종류도 늘어난다.

도시하천의 식생을 보여주는 양재천

서울의 강

인류문명이 강을 중심으로 시작되었듯이, 강은 인간의 생활과 밀접한 관
계를 가지고 있다. 사람들은 강에서 멱을 감고 고기를 잡으며, 강을
무역의 통로로, 최근에는 레크리에이션 장소 등으로 이용하고 있다.

또 강은 상류에서 하류로 물을 운반하면서 여러 가지 물질을 함께 실어와 강 주변의 토지를 기름지게 한다. 그래서 흔히 강가에는 농경지가 많이 조성되어 있다. 하지만 산업화 이후로 강이 오염되면서 그 농업적 가치는 크게 감소하였다. 옛날 한강변에서는 농업이 성행하였으나, 지금은 대부분 레크리에이션 공간으로 이용되고 있다.

서울의 강들의 생태를 둘러보자니 걱정이 앞선다. 아마 원래의 모습과 지금의 강 모습이 너무나 다르기 때문일 것이다. 그럼에도 이 중요한 생태적 공간을 빼놓고 서울의 생태를 말할 수는 없는 노릇이다.

수로, 강턱, 강둑으로 이루어진 강의 공간구조는 각 부분의 생태적 특성이 서로 다르며, 그에 따라 품고 있는 생물도 다르다. 이런 차이는 이동성이 떨어지는 식생을 보면 분명하게 드러난다.

수로 가까이는 대개 풀들이 자라는데, 홍수주기가 짧은 수로에 형성된 풀밭은 범람원까지도 얼마간 이어진다. 강의 지리적 위치에 따라 풀밭에서 자라는 풀의 종류가 다소 다르지만 달뿌리풀, 갈대, 고마리, 미나리, 사초류 등을 주로 많이 볼 수 있다.

수로에서 멀어져 그만큼 홍수주기가 길어지면 풀보다 수명이 긴 작은키나무가 자라고, 그 아래에서는 풀들이 자란다. 작은키나무로는 버드나무류가 주로 많다. 그리고 풀은 이런 나무 아래의 빛의 양이 줄어드는 조건에 견딜 수 있는 종으로 바뀌기 때문에, 수로 근처의 풀밭에서 우세한 종들은 대개 사라지고 쇠뜨기, 사철쑥, 콩제비꽃, 사초류 등이 등장한다.

둑 위에는 오리나무, 신나무, 버드나무, 느릅나무 같은 큰키나무가 우세하고, 작은키나무와 풀의 종류는 빛에 대한 적응 정도에 따라 달라진다. 작은키나무 중에서는 찔레꽃, 고광나무, 백당나무, 조팝나무, 고추나무, 버드

하천의 공간구조

하천은 지형에 따라 크게 수로, 강턱(범람원), 강둑으로 나눌 수 있다. 우리가 흔히 보는 강둑은 대부분 인위적으로 만들어진 것이지만, 자연적으로 형성된 강둑도 있다. 물의 압력에 의해 강가의 흙이 불쑥 솟아오르면서 형성된 것이 바로 자연적인 둑이다. 그리고 강턱은 홍수 때 물이 흘러넘치는 범위를 일컫는데, 오늘날처럼 인공 둑이 만들어지지 않았다면 그 범위가 훨씬 더 넓었을 것이다.

강변에 있는 농경지는 대부분 강턱(범람원)에 해당한다고 볼 수 있다. 결국 이런 경작지를 택지로 개발해서 조성된 서울 등 대도시의 아파트단지들은 강턱에 서 있는 셈이다.

강둑과 강턱 두 구역이 하천환경의 육역에 해당한다면, 수로는 수역에 해당한다. 수로에는 저수로와 고수로가 있다. 저수로는 물의 흐름이 늘 유지되어 깊게 파인 부분을 말하며, 고수로는 물의 양이 많을 때는 수로의 영향 아래에 있고 적을 때는 육역처럼 유지되는 부분을 말한다.

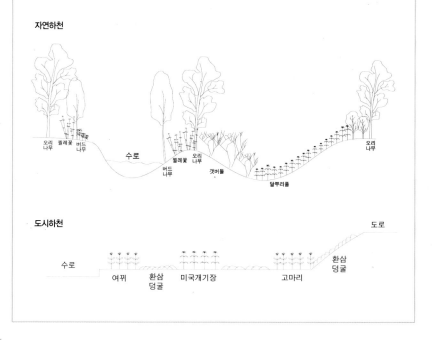

나무류 등이 우세하고, 풀로는 쇠뜨기, 쇠별꽃, 속속이풀, 가막사리, 노랑물봉선, 사초류 등이 나타난다.

서울의 강들에서 본래의 모습을 찾아보기가 매우 어려워졌음에도 불구하고 강 고유의 모습을 굳이 이야기하는 것은, 그래도 희망의 싹이 보이기 때문이다. 최근 들어와 자연에 대한 인식이 크게 바뀌면서, 인공물이 되다시피 한 이런 공간에서 자연이 되살아나고 있는 것이다.

그러면 이제부터 우리의 강들에서 살아나고 있는 자연의 모습을 들여다보기로 하자.

한강

    한강은 치수를 목적으로 정비된 강의 전형이라 할 수 있다. 그래서 가장 자리가 콘크리트 블록으로 정비되어 있고, 식물이 자리잡을 수 있는 공간이 매우 빈약하다. 하지만 이런 열악한 조건에도 불구하고, 블록들 사이의 틈새나 블록의 구멍에 주변에서 쓸려온 흙과 유기물이 쌓이면 이곳에다 삶의 터전을 마련하는 식물 종들이 있다.

    이들의 삶이 참으로 안쓰러우면서 여간 고맙지가 않다. 이런 곳에서도 식물의 분포는 어김없이 물의 영향을 반영한다. 수로가 가까우면 소리쟁이

물억새

한강 수로의 식구들

식물성플랑크톤은 총 343종으로, 녹조류(159종, 46.4%), 규조류(114종, 33.2%), 남조류(37종, 10.8%), 유글레나류(12종, 3.5%), 황색편모조류(11종, 3.2%), 와편모조류(5종, 1.5%), 갈색편모조류(3종, 0.9%), 규질편모조류(2종, 0.6%) 등이 있다.

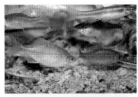

동물성플랑크톤은 지각류 12종, 요각류 10종, 윤충류 30종의 총 52종이다.

저서동물은 대형동물류(2종), 편형동물류(1종), 환형동물류(18종), 연체동물류(17종)가 있으며, 절지동물류은 갑각류 4종과 곤충류 63종이 출현한다.

곤충류로는 하루살이류(16종), 잠자리류(14종), 노린재류(4종), 뱀잠자리류(1종), 날도래류(10종), 나비류(1종), 딱정벌레류(4종) 및 파리류(13종)가 있다.

어류는 한강 본류에서는 총 14과 44종이 출현하고, 지천을 포함하면 총 16과 50종이다. 그중 한국 특산종으로는 줄납자루, 가시납지리, 중고기, 참중고기, 긴몰개, 됭경모치, 눈동자개, 얼룩동사리, 몰개 등 9종이 있다.

세균은 그 이름이 익숙하지 않고 종 수준의 식별도 어렵기 때문에, 세균종류보다는 수를 살펴보기로 한다. 세균의 수는 0.8~16.4(×106cells·㎖⁻¹)로, 장소와 계절에 따라 크게 차이가 난다. 물론 수질상태에 따라서

줄납자루, 참중고기, 중고기, 얼룩동사리(위에서부터)

도 차이가 나지만, 요즈음은 환경기초시설의 가동으로 오수처리율이 높기 때문에 전반적으로 세균의 수는 크게 감소하고 있다.

그러나 부영양 하천에서 자기증식이 가능한 종속영양세균의 비율이 늘어나고 있는 것은 염려된다. 특히 봄철에 종속영양세균의 비율이 높고 대장균도 많아지는 추세여서 이 시기의 철저한 수질관리가 요구된다.

가 주인 노릇을 하고, 그보다 건조한 곳에는 쇠뜨기, 물억새 등이 많다. 이 열악한 환경에서도 자연의 지배가 엄연히 이어지고 있음에, 실로 자연의 힘을 느낀다.

강의 생태는 수로, 수로변, 강턱, 강둑 경사면, 강둑의 순서로 관찰해 보기로 하자.

한강의 수로에서는 관찰할 만한 대상이 뚜렷이 눈에 띄지는 않지만, 그래도 이곳이 중요한 생태적 공간의 하나인지라 구성원은 다양하다.

생산자로는 식물성플랑크톤을 들 수 있는데, 사실 하천 생태계는 육역과 맞닿아 있어 육역으로부터 상당한 유기물을 공급받기 때문에 생산자의 역할은 이 육역의 식물들과 분담한다고 볼 수 있다. 그 밖에 동물성플랑크톤, 수서곤충, 각종 어류 등의 소비자와 주로 박테리아로 이루어진 분해자가 더불어 살아가고 있다.

하지만 이런 종류들은 별도의 조사방법을 동원하지 않는 일반적인 생태여행에서는 눈에 잘 띄지 않기 때문에, 참고삼아 이와 관련된 자료를 소개해 놓는다.

콘크리트로 뒤덮인 수로변 역시 생태관찰을 할 만한 대상이 빈약할 뿐 아니라, 강턱도 생태적 역할을 잃은 지 이미 오래이다. 대부분이 레크리에이션 공간으로 바뀌어서 강턱 고유의 모습을 거의 찾아볼 수 없다.

식물도 레크리에이션의 공간을 꾸미기 위해 심어놓은 조경용이 주류를 이룬다. 설사 조경용이라 해도 기왕이면 그 장소에 적합한 식물을 심었으면 좋으련만, 우리의 조경현실은 강이든 논밭이든 산자락이든 산중턱이든 한결같다.

그나마 반포대교 옆에 자연적인 강턱이 부분적으로 남아 있어 다행이다.

밤섬의 버드나무군집

이곳에는 물억새를 비롯
하여 갯버들도 간간이 보
인다. 자연에 맡겨진 지
그리 오래 되지 않아서 결
코 자연성이 높다고 할 수
없지만, 그래도 레크리에

콘크리트로 뒤덮인 한강의 호안시설

이션 공간으로 개발된 곳과는 크게 차이가 난다.

　모든 현상을 자연에 내맡긴 밤섬이나 여의도 샛강에도 강턱의 모습이 온
전히 살아 있다. 밤섬에서 지형이 높은 곳에는 버드나무군집이 자라고, 그
주변의 지형이 좀 낮은 곳에는 물억새, 갈풀, 갈대, 갯버들, 물쑥, 도루박이,
환삼덩굴이 군집을 이루고 있다.

　여의도를 감고 흐르는 여의천 주변도 생태공원으로 지정되어 자연상태

에 맡겨진 뒤로 이와 비슷한 모습으로 바뀌고 있다. 갈대와 골풀, 부들, 괭이사초, 물억새, 물쑥, 버드나무 등이 군집을 이루어나가지만, 아직 정착단계이어서 지형이나 범람주기에 따른 식생분포의 경향이 뚜렷하지는 않다.

한강 강턱과 강둑의 식구들

강턱과 강둑 같은 육역에는 식물뿐 아니라 곤충과 새도 살고 있다.

육상곤충으로는 나비(21종), 메뚜기(15종), 사마귀(1종), 노린재(42종), 매미(12종), 딱정벌레(68종), 벌(22종), 잠자리(6종), 파리(23종), 집게벌레(1종), 풀잠자리(3종), 바퀴(1종)가 있다. 조류는 논병아리, 가마우지, 고니, 황오리, 수면성오리, 잠수성오리, 갈매기, 백로, 물닭, 도요물떼새, 맹금 등 114종이 모습을 보인다.

한강 밤섬의 겨울철새들

한강의 지천들

　　서울 주변의 산에서 발원하여 도심 내부를 거쳐 한강으로 흘러드는 작은 강들도 대부분이 인공적으로 정비되어 수로→수로변(강턱 경사면)→강턱 →강둑 경사면→도로의 단면구조를 이룬다.

중랑천 전경

별처럼 생긴 쇠별꽃이 자라는 중랑천

먼저 서울 동북부에 있는 중랑천을 살펴보기로 하겠다.

수로는 바닥을 평평하게 다듬어놓아서 굴곡이 심하지 않으며, 그래서 물이 수로 전체에 고르게 퍼져 있다. 전체적으로 수심이 낮고 장소들간의 차이도 별로 없다. 그래도 홍수에 밀려온 자갈과 모래가 쌓여 만들어진 작은 섬이라든가 강턱 형태의 미지형이 수로 옆에 간혹 보인다. 이런 곳에는 큰개여뀌, 나도겨풀, 속속이풀, 개피 등이 많이 자라고 있으며, 미국가막사리 같은 외래종도 심심찮게 보인다.

마디풀과의 큰개여뀌는 6~9월이면 진분홍 꽃이 피기 때문에 쉽게 눈에 띈다. 전형적인 천이 초기 식물이어서 꽃을 많이 피우고 종자생산량도 많은지라, 결실기가 되면 주변으로 새들이 몰려든다. 속속이풀은 잎이 무 잎처럼 갈라지고 십자 모양으로 생긴 전형적인 십자화과 식물이다. 냉이와 비슷하게 생겼고 노란색 꽃이 핀다.

다소 크게 섬의 형태를 이룬 곳을 가면 웅덩이처럼 생긴 또 다른 미지형을 볼 수 있는데, 거기서는 고마리와 사마귀풀, 부들 등이 자란다.

강턱 비탈에 수직으로 세워진 콘크리트 구조물이 식물의 정착을 가로막지만, 구조물이 오래 되면 그 주위가 침식되어 밀려온 흙이 쌓인다. 이런 곳에서는 쇠별꽃이며 며느리배꼽, 나도겨풀, 고마리를 쉽게 볼 수 있다.

큰개여뀌

외래종인 달맞이꽃

쇠별꽃의 잘게 갈라진 하얀 꽃은 반짝이는 별을 연상케 한다. 여뀌와 같은 마디풀과 식물이고 생김새도 비슷한 고마리는 흔히 물가에서 자라는데, 더러운 물이 흐르는 곳에서 잘 자라는 것을 보면 정화기능이 높은 것 같다.

강턱의 식생은 이곳이 강의 일부라는 생각이 전혀 들지 않을 정도로 달라진다. 길가나 경작지 주변에서 자주 볼 수 있는 참새귀리, 토끼풀, 다닥냉이, 벼룩이자리 등이 넓게 퍼져 있다. 아마 강턱이 시민들의 운동과 휴식 공간으로 이용되고 부분적으로 경작지로 활용되고 있기 때문일 것이다.

강둑 비탈에는 대개 개나리가 심어져 있고, 그 위쪽으로 은행나무, 개벚나무, 양버즘나무, 이태리포플러, 은사시나무 따위가 가로수처럼 서 있다. 주로 개나리만 보이지만, 그래도 참새귀리, 다닥냉이, 개밀, 닭의장풀, 개망초, 망초, 돼지풀, 쑥, 달맞이꽃 등 종류는 비교적 다양하다.

이곳에서 습지식물을 별로 볼 수 없고 또 외래종이 많다는 것은, 그만큼 인간의 간섭이 잦다는 뜻이다.

불광천의 소리쟁이

발걸음을 서쪽으로 옮겨 불광천으로 가보기로 하자.

북한산에서 발원하여 월드컵경기장을 지나 한강으로 흘러드는 불광천은 그 단면구조가 중랑천과 크게 다르지 않다. 하류에서부터 거슬러 올라가

불광천 전경

면, 이곳 역시 수로가 평면으로 정비
되어 있으나 유지수량이 크게 줄어서
토양의 표면이 드러난 곳이 자주 눈
에 띈다.

마디풀과의 소리쟁이는 잎이 줄기를 둘러싸
고 있는 마디부분이 뚜렷이 드러난다.

　유지수량이 적기 때문에 작은 섬의
형태는 찾아볼 수 없지만, 물에 휩쓸
려 내려온 토사가 수로변에 쌓여 생긴
강턱 형태의 미지형은 발견되고, 이런
곳은 대개 소리쟁이로 뒤덮여 있다.
소리쟁이는 공업단지 주변의 오염이

콘크리트 틈새를 비집고 꽃을 피운
서양민들레

심한 하천변에서도 잘 자라는 정화기능이 뛰어난 식물이다.

강턱 비탈에도 소리쟁이와, 그 못지않게 개소시랑개비도 눈에 띈다. 참새귀리, 토끼풀, 냉이, 다닥냉이, 꽃다지 등이 어우러져 있는 강턱은 중랑천의 모습과 크게 다르지 않다. 경작지까지 있는 것이 더욱 그러하며, 경작지 주변에는 냉이와 취명아주가 고개를 내밀고 있다.

강둑의 경사면은 하천이 정비된 시점에 따라 모습이 달라진다. 최근에 정비된 서쪽 비탈에는 개밀, 개망초, 서양민들레, 뽀리뱅이 따위가 넓게 퍼져 있고, 오래 전에 정비된 동쪽에는 대개 쇠뜨기로 뒤덮였으면서도 참새귀리,

---

군집

여러 종의 생물이 모여서 이루어진 생물집합체를 말한다. 같은 종이 집합체를 이루었을 때는 개체군이라 하며, 하나 이상의 개체군이 모인 집합체를 종이라 한다. 그리고 종은 생물학적 공통점을 많이 지닌 집합체이다.

생물학자들은 종을 기본 단위로 해서 생물의 종류를 구분하고, 이 개념을 토대로 해서 연구를 한다. 현대생물학의 두 가지 큰 흐름인 생태학과 분자생물학이 모두 그렇다.

같은 종의 개체들은 공통점이 많기 때문에 환경에 대한 반응도 매우 비슷하다. 물론 변이가 큰 종도 있지만, 같은 종에서 나타나는 변이는 다른 종의 개체들과 비교해 볼 때 그 차이가 그리 크지 않다.

홍제천 전경

돌나물 등이 비교적 넓게 퍼져 있다.

강둑 위에는 도로가 나 있고 도로변에 은행나무가 심어져 있다.

아쉬움이 앞서는 홍제천

반듯하게 각을 이룬 홍제천의 단면구조는 여느 도시하천과 마찬가지이다. 이렇게 정비된 단면구조상의 각 부분에 나타나는 식생의 종류 또한 매우 비슷하다.

홍제천의 수로에는 물이 거의 흐르지 않아, 사실 하천이라고 부르기조차 어색할 지경이다. 오염된 물을 정화하기 위해 모두 하수처리장으로 흘러들게 했기 때문이다. 오염된 물을 깨끗하게 정화하는 것도 좋지만, 그 때문에 하천의 기능이 완전히 상실되는 것은 좀 지나치다 싶다.

기왕 나선 걸음이니 모습이나 한번 더듬어보기로 하자.

물이 흐르지 않는 수로에는 소리쟁이, 달뿌리풀, 쇠별꽃이 군데군데 군집을 이루고 있다. 그리고 수로변에는 대체로 소리쟁이가 군집을 이루었으나, 상류로 가면 소리쟁이와 개망초가 함께 자란다.

강턱에는 참새귀리와 꽃마리 군집을 비롯하여 경작지와 자전거도로, 꽃밭이 조성되어 있는데, 하천에 물이 흐르지 않으면서 대부분의 공간이 인위적으로 바뀌고 있어 안타까움을 더해 준다.

강둑 비탈에도 각종 인공구조물이 설치되어 있지만, 그 틈으로 어렵사리 쇠뜨기가 돋아나 푸르름이 되살아나고 있다. 하지만 여기에도 다시 인간의 손길이 뻗쳐서 이런 소중한 푸르름을 밀어내고, 소속도 알 수 없는 돌을 붙이고 하천변과는 거리가 먼 수수꽃다리, 회양목, 산철쭉, 무궁화, 자귀나무 따위를 심어놓았다.

그나마 위안이라면 이런 와중에도 비교적 이 장소에 어울린다고 할 수 있는 조팝나무를 심어놓은 것이다.

요즈음 아마 홍제천에서는 체육공원 조성사업이 추진되고 있는 것 같다. 삭막하리만큼 녹지가 부족한 서울의 공간에 공원을 조성한다면, 대개 녹지를 보충하는 것으로 인식한다. 그러나 우리네 보통사람들의 생각과 달리, 공원조성에서는 녹지보충보다 시설도입이 우선시되고 있다. 내가 도시공원의 개념을 잘못 이해하고 있는 것인지 아직 그 정확한 답은 모르겠다.

강둑 위에는 양버즘나무와 개나리, 은행나무와 개나리, 은사시나무와 개나리, 개벚나무와 개나리, 느티나무와 개나리가 짝을 이루어 번갈아 나타난다.

희망의 빛 한 줄기, 난지천

자, 이렇게 서울의 도시하천 생태를 웬만큼 둘러보았다. 안타까움이 앞서는 이 같은 생태여행의 길을 나선 것은, 앞에서 말했듯이 터오르는 희망의 싹을 튼튼히 하기 위함이다.

바로 이것이 우리 강의 현실이다. 우리는 이런 강의 현실을 외면할 것이 아니라, 우리의 따뜻한 손길을 기다리는 강을 진솔하게 보듬어야 할 것이다. 그럴 때만이, 비록 지금은 부족하지만 강은 우리의 도움을 받아 제 모습을 찾으면서 저 옛날 물장구치며 뛰놀던 시절을 우리에게 안겨줄 것이다.

난지도의 하늘공원

이런 우리의 희망을 북돋워주고 우리의 아픈 마음을 다소나마 어루만져줄, 마지막 보루를 만나러 가자. 바로 난지천이다.

많은 사람들이 난지천 하면 난지도 옆을 흐른다고 해서 쓰레기더미에서 흘러나오는 더러운 물과 악취를 떠올리고는 거부감을 가질지 모른다. 심지어 난지도보다 더 형편없을 것이라고 지레짐작하기 일쑤다.

물만 놓고 보면, 이런 생각이 크게 틀리지 않다. 하지만 수로 주변의 하천환경은 수로의 수질과 매우 다른 모습을 보인다. 한강과 대부분의 지천들에서 보기 힘든 건전한 수변식생을 품고 있다는 점에서, 자연하천 복원의 모델이 될 수 있다.

난지천의 상류는 다소 어수선한데, 농수산물시장이 자리를 잡은 지 이미

강둑의 갯버들군집

오래 된데다 월드컵경기장까지 들어섰기 때문이다.

강둑은 특히 이런 영향을 직접 받은 탓에 하천식생이라고 보기 어려울 지경이다. 참새귀리, 개밀, 쑥, 큰개불알풀 같은 길가의 식생이 주류를 이루고, 군데군데 아까시나무숲과 외래종인 달맞이꽃이 우세한 곳도 보인다. 그러나 물가에는 갈대, 바보여뀌, 개구리자리, 속속이풀, 둑새풀 같은 습지 식물들이 무리를 이루고 있다.

상류를 벗어나 하류로 내려가면 온전한 하천식생의 모습이 우리를 맞이한다. 강둑에는 버드나무가 무리를 이루었고, 수로에 가까워지면서 바보여뀌와 고마리를 비롯하여 환삼덩굴, 소리쟁이 등이 어우러져 있다. 다시 물가 쪽으로 가면 갈대가 한가족으로 어우러지면서 군집을 주도한다.

하류로 더 내려갈수록 수로가 넓어지고 수량이 늘어나면서 물의 흐름이 완만해진다. 여기서 또 하나의 식물이 모습을 보인다. 물 속에 반쯤 잠겨서 살아가는 부들군집이다. 그 주변으로는 줄이 전형적인 정수식물 군집의 모습을 보이며 자라고, 그 속에서는 미나리와 세모고랭이가 어울려 있다. 또 주변에는 쇠뜨기와 소리쟁이도 자주 보인다.

일부 모래가 쌓여 작은 섬의 모양을 이룬 곳은 여뀌로 덮여 있고 그 사이로 소리쟁이, 갈대, 개구리자리 등이 빼꼼히 고개를 내밀었다.

하류에는 버드나무가 제법 넓게 무리를 이루었고 층의 구조도 다양하다. 버드나무가 아교목층 수준의 높이를 이루고, 갯버들이 작은키나무층을 이루고 있으며, 초본층에는 갈대며 고마리, 미나리, 쇠뜨기, 포아풀, 개피 따위가 어우러져 있다.

이쯤 되면 하천 본래의 모습에 가깝다고 충분히 말할 수 있을 것이다.

흰뺨검둥오리

청둥오리

고방오리

　철따라 한강을 찾아드는 새들은 무려 107
종이나 된다. 대개가 물가에 사는 수조류인
데, 그중에서도 오리류가 가장 쉽게 눈에
띈다. 오리류 가운데 흰뺨검둥오리와 일부
청둥오리를 제외하고는 거의 대부분이 겨울
을 우리나라에서 지내는 겨울철새들이다.
　오리류는 살아가는 생태에 따라 크게 수
면성 오리류와 잠수성 오리류로 나뉜다.
　수면성 오리류는 수면에서 물구나무서서
머리를 물 속에 박고 바닥의 먹이를 걸러
먹으며, 청둥오리 · 흰뺨검둥오리 · 고방오
리 · 쇠오리 등이 있다. 수심이 깊어지면 수
면성 오리들은 이런 방식으로 먹이를 구할
수 없기 때문에, 근처의 논밭이나 풀밭에서
곡식알이나 잡초 씨, 식물뿌리도 먹는다.

물 속에 잠수하여 먹이를 구하는 잠수성 오리류는 크게 흰죽지류와 비오리류로 나뉘는데, 흰죽지류는 수초 같은 식물성 먹이를 주로 먹으면서 가끔 수서곤충이나 조개류의 동물성 먹이를 취하지만 비오리류는 대부분 물고기를 잡아먹는다.

쇠오리

한강에서는 원앙이 매우 드물게 관찰된다. 흔히들 원앙은 부부금실이 좋은 것으로 알고 있으나, 이들의 생태를 들여다보면 전혀 그렇지 않다.

원앙은 월동지에서 자기 짝을 결정하여 부부가 되는데, 이 시기가 되면 암컷 주위에 열 마리 안팎의 수컷이 몰려들어 서로 잘 보이려고 머리에 난관 모양의 장식 깃을 펼친다거나 커다

개리

란 은행 깃을 곧추세워 열심히 구애를 한다. 그러면 암컷은 마음에 드는 수컷 한 마리를 고른다.

이것만을 보더라도 원앙은 해마다 자기 짝을 바꾸는 셈이다.

특히 원앙의 번식생태는 매우 재미있다. 물가 숲속의 고목 구멍에다가 둥지를 틀어서 9~12개의 알을 낳는다. 산란한 지 28~30일이 지나 알을 깨고 나온 새끼들은 어느 정도 시간이 흐르면 나무 위 구멍에서 혼자 힘으로 땅 위로 뛰어내리는데, 이때 어미새는 전혀 도와주지 않는다.

새끼는 알을 깨고 나온 지 24시간 정도가 되면 본능적으로 계속 위쪽으로 뛰어오르며, 이것이 약 하루 동안 이어진다. 이렇게 해서 두 발을 번갈아 디디며 갈고리처럼 날카로운 발톱으로 둥지의 벽면을 기어올라 구멍 밖으로 나가는 것이다.

원앙

　겨울철새 가운데 상류지역에서 비교적 쉽게 볼 수 있는 새로는 뿔논병아리가 있다. 논병아리류는 물위나 물 속에서 생활하기에 적합하게 몸의 구조가 변화되었으며, 특히 잠수 솜씨가 일품이다. 물에 직접 닿지 않고 체온을 유지할 수 있게 온몸이 2만 개에 이르는 날개 깃으로 뒤덮여 있으며, 헤엄치기가 좋게 발은 맨 뒤쪽에 붙어 있다. 또 나뭇잎 모양의 물갈퀴는 물을 젓는 데 제격이며, 탄력 있고 부드러운 발가락은 어느 쪽으로도 물을 저을 수 있어 물을 젓는 것과 방향타의 역할을 다 한다.

　이렇게 물에서 살기에 알맞게 생긴 까닭에, 땅에 오르거나 하늘을 나는 것은 별로 좋아하지 않는다. 사실 다리가 너무 뒤쪽에 있어서 뭍에 선다는 자체가 어려운데, 가뭄으로 호수나 저수지가 메말랐을 때는 뒤뚱거리다가 금방 넘어지곤 하는 논병아리의 모습을 쉽게 볼 수 있다. 비행솜씨도 썩 좋지 못하여, 먼 거리가 아니면 잘 날지 않는다.

　1986년 9월부터 4년 동안 실시된 한강종합개발공사로 한강의 오리류 구성과 분포에는 많은 변화가 일어났다. 개발 전에는 주로 수면성 오리들이 살았으나, 개발 뒤에는 잠수성 오리들이 늘어났으며 그중에서 흰죽지가 가장 흔하게 관찰된다. 그만큼 수심이 깊어지고 물이 맑아졌다는 뜻이다.

수면성 오리류의 경우 공사 전에는 천호대교에서 행주대교까지 골고루 분포해서 1~2월의 한겨울에도 1만여 마리가 안정적으로 무리를 이루어 살았다. 하지만 공사 후에는 행주대교와 천호대교 등 개발되지 않은 곳의 모래톱이나 비교적 자연성을 유지하고 있는 밤섬에만 주로 모여들고, 대개는 한강 본류를 떠나 자연적

댕기흰죽지

인 서식환경이 유지되고 있는 중랑천·탄천·안양천이나 한강 상류 팔당대교 부근, 하류 쪽으로 옮겨간 것 같다.

이 지역들은 아직까지 물이 얕고 모래톱이나 하중도(강의 한가운데 있는 섬)가 있으며 강가에는 갈대밭과 풀밭이 펼쳐져 있어서 수면성 오리들에게 좋은 서식환경이 되어주기 때문이다.

한강은 지역별로 서식환경이 다양해서 그 특성에 맞는 각종 새들을 관찰할 수 있는 재미가 있다.

이렇게 많은 새들이 안심하고 한강에다 계속 보금자리를 틀 수 있게 하기 위해서는 갯벌이나 사구, 얕은 물, 깊은 물 등 다양한 서식환경이 제공되어야 한다. 더불어 물떼새류가 주로 번식하는 자갈밭과, 해오라기가 번식하는 강변의 버드나무숲, 강변의 관목지대에 사는 새들을 위한 관목숲을 보호해야 할 것이다. 뿐더러 자연적인 서식환경을 유지하고 있는 밤섬이나 미사리 부근의 하중도, 양수리지역의 강변 숲을 훼손하지 않는 것도 중요하다.

생태공원

길동자연생태공원은 서울의 동쪽 끝부분인 강동구 길동 3번지에 있다. 면적은 8ha 정도이며 탐방객
안내소·주차장·교육장소 등이 있는 광장지구, 습지지구, 삼림지구, 농사체험지구로 구성되어 있다.
환경교육 장소로 활용되는 것도 이 공원의 여러 역할 가운데 하나이다.

여의도 샛강생태공원

생태공원은 인간의 편의보다는 야생생물의 서식을 고려하여 정비된 공원을 말한다. 그래서 도시 내의 가까운 곳에서 자연과 접촉할 수 있고 자연관찰과 환경교육의 기회를 제공하기 위한 도시공원으로서의 생태공원은 국민들의 높아지는 자연지향성에 부응하고 주민들, 특히 아이들의 심신발달에 이바지할 수 있다. 그러므로 생태공원 조성사업은 도시 내에서 야생생물의 오아시스가 될 만큼 질 높은 녹지환경을 보전하고 인간과 야생생물이 접촉할 수 있는 도시공원을 목표로 해야 한다.

서울에는 길동자연생태공원과 여의도 샛강생태공원 두 군데가 있는데, 여기서는 길동자연생태공원을 둘러보겠다.

탐방객안내소를 거쳐 입구로 들어서면, 입구보다 낮은 곳에 위치한 생태공원이 한눈에 들어온다. 서울에서는 좀처럼 보기 드문 습지가 있고 그 뒤로 저수지가 이어지며, 저수지 너머로는 별로 크지 않지만 농경지가 자리잡았고, 숲이 그 주위를 병풍처럼 둘러싸고 있다. 상수리나무숲, 참나무와 소나무가 섞인 혼합림, 아까시나무숲이 어우러져 있다.

보리수나무

입구 언덕의 비탈에는 보리수나무, 조팝나무, 팽나무, 산벚나무, 자귀나무, 갈참나무 등이 드문드문 서 있고, 그 아래에서는 머위며 비수리, 패랭이꽃, 개쑥부쟁이가 자란다.

보리수나무과의 작은키나무인 보리수나무는 질소를 고정할 수 있는 공생균을 보유하고 있어서,

이곳처럼 새로 생태계가 형성되는 곳에서 고정한 질소를 다른 식물에게도 나누어주는 중요한 비료식물의 역할을 한다. 열매 또한 많이 맺어, 새들의 먹이가 된다.

콩과식물인 자귀나무도 보리수나무처럼 비료식물의 역할이 기대되는 식물이다.

조팝나무는 습지 주변에 자주 등장하며, 갈참나무 · 팽나무 · 산벚나무도 습한 곳을 좋아한다. 앞으로 완전히 자리잡게 되면, 저 안의 습지식물들과 더불어 이곳의 생태적 과정에서 중요한 역할을 하게 될 것이다.

타는 갈증을 식혀줄 듯 청량한 새들의 지저귐이

언덕을 내려와 습지로 접어들자 풀숲은 온갖 새들의 지저귐으로 떠들썩

골풀(왼쪽)과 길동생태공원의 갈대(오른쪽)

하다. 세계적으로 손꼽히는 대도시 서울 속의 큰 도로와 고층아파트들로 둘러싸인 이런 곳에서 귓전을 두드리는 이 소리, 눈앞에 펼쳐진 이 모습, 분명 자연의 모습이요 자연의 소리이다.

우리가 조금만 양보하고 좀더 관심을 가지면 이토록 아름답고 정겨운 모습과 소리가 되살아나건만, 지금까지 왜 그렇게 인색했을까.

그러나 너무 개탄할 필요는 없을 것 같다. 시민들에게 이 아름다운 모습을 보여주고 정겨운 소리를 들려주면 누구나 자연에 대한 양보와 관심이 우러날 테니까. 그런 면에서 이곳의 생태적 모습과 과정을 시민들에게 안내하고 설명해 주는 자원봉사자의 노고에 깊은 감사를 드리고 싶다.

습지 쪽에는 갈대, 부들, 골풀, 창포, 큰고랭이, 나도겨풀, 미나리 등이 보이고 조금 솟아오른 곳에는 버드나무와 능수버들이 서 있다.

나무로 된 관찰통로를 따라 저수지 쪽으로 가면 물 속의 물고기며 동물들의 움직임을 관찰할 수 있다. 그 주변에는 개구리도 뛰어놀고 있다. 물가에는 갈대와 줄, 부들이 각자 자기네 영역을 확보하고 있고, 작은 언덕에는 버드나무가 서 있다.

청개구리(왼쪽)와 장구애비(오른쪽)

연꽃

애기부들

노랑꽃창포

   다양한 습지조건이 갖추어져 있는지라, 작은 웅
덩이의 고인 물에는 개구리밥이 떠 있고 그 위로 부들이 가득하다. 저쪽으
로는 물질경이, 가래, 나도겨풀, 미나리, 애기부들도 보인다. 그 둘레로 갈
대, 고마리, 부들, 사초류, 골풀, 가막사리, 개피, 석잠풀이 고개를 들고 있
다. 물가에서 멀어지면서 새콩, 꽃창포, 노랑꽃창포 등이 이어진다.

   다른 물웅덩이로 발걸음을 옮기자, 갈대와 부들로 둘러싸인 수면 위로는
소금쟁이가 바쁘게 왔다갔다하고, 갈대와 부들 너머의 풀밭에서는 개구리
들이 폴짝폴짝 뛰어다닌다. 하늘에는 검은물실잠자리 등 잠자리 몇 종류와
나비가 오가고 뻐꾸기와 꿩 소리도 들려온다.

   복잡한 먹이사슬이 새삼 느껴진다.

   기왕 나온 김에 이곳에서 수분조건에 따른 식생분포를 한번 정리해 보

먹이사슬의 중요성

에너지는 태양→식물→초식동물→육식동물의 순서로 전달되는데, 이런 먹고 먹히는 관계를 먹이사슬이라고 한다. 태양에서 출발한 에너지는 지상에 도달하기까지 약 50%가 반사·산란 등으로 흩어지고 나머지 50%만 지상에 도달한다. 그중 1% 정도가 순생산량으로 고정되어 식물체에 남아서 지구상의 다른 생물들을 먹여살린다.

먹이사슬을 통한 에너지의 양적 이동을 보면, 식물체에 고정된 에너지가 1차 소비자에게 전달될 때 일부만 섭취되고 섭취된 양에서도 일부만 흡수되어 동물체에 고정된다. 섭취와 흡수 과정에서 호흡으로 소실되는 에너지를 제외하고 실제로 고정된 양은 생산자단계의 총에너지의 1/10 수준이다. 초식동물에서 육식동물로의 에너지 흐름은, 이전 단계와 마찬가지로 일부만 먹이로 선택되고 선택된 것 중에서 털·뼈 등과 같이 이용 불가능한 부분과 배설물 그리고 호흡으로 소실되는 양을 제외하면 실제 에너지 고정량은 1차 소비자의 1/5 수준이다.

영양단계가 높은 고차소비자를 보유한 환경을 안정된 환경이라 하는데, 에너지 흐름을 활용해서 이런 안정된 환경을 만들 수 있다. 예를 들어 어떤 지역에서 3차 소비자인 육식동물을 보유하고자 하면 그 환경은 에너지 양으로 따져 초식동물은 육식동물의 5~10배, 식물은 50~100배를 보유해야 한다. 결국 고차소비자를 유지하기 위해서는 상당히 넓은 면적의 자연환경이 필요하다. 호랑이 한 쌍이 살아가는 데 필요한 면적이 약 400km²로 알려져 있는데, 온전한 자연환경을 갖춘 이런 규모는 사실 드물다. 우리나라의 국립공원 중 해상국립공원을 제외하면 이만한 곳은 지리산국립공원(440.6km²)뿐이다.

이처럼 자연환경이 단편화된 상태에서 고차 소비자를 유치하기 위한 수단으로 '녹지축' 또는 '생태통로' 개념이 도입되고 있다. 여건상 넓은 면적의 온전한 자연환경을 확보할 수 없는 환경에서 생태통로(녹지축)는 야생동물들에게 먹이를 얻는 통로뿐 아니라 다양성을 보장해 주는 생식적 교류의 수단으로도 활용될 수 있다.

자. 식물체 전체가 수면에 떠 있는 부유식물 또는 잎이 수면에 떠 있는 부엽식물로는 노랑어리연꽃, 연꽃, 개구리밥, 가래 등이 있다. 식물체의 일부

가 물에 잠긴 정수식물로는 갈대, 줄, 부들, 큰고랭이, 애기부들 등이 있고, 습생식물로는 고마리, 미나리, 꽃창포, 노랑꽃창포, 갯버들 등이 있다. 연재 식물대나 경재 식물대라 부르는 둑 위의 식물로는 버드나무, 오리나무, 산사나무, 참느릅나무, 갈참나무 등이 보인다.

갖가지 자연의 모습을 품은 생태실습의 장

나무다리를 밟으며 숲속으로 접어드니 유치원 아이들의 자연공부가 한창이다. 자원봉사 선생님이 숲속 관찰에 대한 기초설명을 다 하고 나자 아이들은 이것저것 관찰하기 시작한다. 나뭇잎을 관찰하는 아이, 날아다니는 곤충과 새를 쫓는 아이, 숲바닥에 쌓인 나뭇잎을 헤집어보는 아이 등 하나같이 바쁘다. 그렇게 관찰하고는 제법 질문도 하고, 뱀이나 무는 곤충을 조

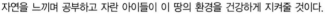

자연을 느끼며 공부하고 자란 아이들이 이 땅의 환경을 건강하게 지켜줄 것이다.

쇠뜨기(위)와 땅비싸리(아래)

심하라며 친구들의 안전까지 챙긴다.

내 마음이 한결 든든해진다. 이처럼 열심히 자연을 느끼고 공부하며 자란 아이들은 정서적으로 안정되고 육체적으로 건강하다는 결과가 있고, 또 이 아이들이 이 땅의 환경을 건강하게 지켜줄 것이기 때문이다.

숲에는 상수리나무, 갈참나무, 소나무가 큰키나무층을 이루고 있다. 그 아래로 물푸레나무, 개벚나무, 때죽나무 등의 중간키나무와 어린 갈참나무, 콩배나무, 조팝나무, 산딸기 같은 작은키나무가 층을 이루었다. 또 이들 나무 밑의 바닥에는 개고사리, 고마리, 땅비싸리, 큰까치수영, 그늘사초, 주름조개풀, 쇠뜨기, 콩제비꽃 등이 자라고, 어느 틈에 서양등골나물과 미국자리공 같은 외래종도 들어와 있다.

큰키나무층에서 소나무와 상수리나무는 시름시름 죽어가지만 갈참나무는 그렇지 않은 것을 보아, 아마 갈참나무숲으로 천이가 진행되려나 보다. 작은키나무층에서도 어린 갈참나무가 많이 나타나고, 습한 곳을 좋아하는 조팝나무, 개고사리, 고마리, 쇠뜨기가 많은 것도 이를 뒷받침해 준다.

작은 구릉을 지나 계곡으로 접어드니 다 자란 오리나무 몇 그루가 눈에 띈다. 그곳에서 개울 쪽으로 가면 산사나무가 서 있고 개울가는 온통 고마리로 뒤덮였다. 개울 건너 숲에는 역시 산사나무와 갈참나무, 상수리나무가 이어진다. 계류변 식생답게 이 참나무 혼합림 밑에는 관중과 노루오줌이 자란다.

숲속을 들어가노라면 아까시나무들이 중간키나무층과 작은키나무층의 갈참나무, 조팝나무, 난티잎개암나무, 개벚나무, 밤나무, 산딸기, 찔레꽃 등과 함께 어울려 숲을 이루고 있다.

대부분이 갈참나무인 것을 보니 시간이 흐르면 갈참나무

질경이

숲으로 바뀔 것 같다. 그래서 이 숲은 천이과정을 살펴보기에 적당한 학습장소이다. 아울러 아까시나무의 역할도 이야기해 볼 수 있을 것이다. 숲바닥에는 둥굴레, 주름조개풀, 개고사리, 은방울꽃, 선밀나물, 참나리, 쇠무릎을 비롯하여 서양등골나물도 보인다.

노루오줌

숲을 벗어나면 농사체험지구가 나온다. 초가집을 둘러싸고 밭이 펼쳐져 있으며 퇴비장도 갖추었다. 집 옆에 쌓여 있는 장작더미에는 버섯과 곤충도 보인다. 곤충이 있는 것을 보아 새도 날아들 터이다. 그래서 이런 세트를 특이한 생태적 공간, 즉 비오톱(biotop)이라 한다.

밭에는 감자며 참깨, 들깨, 오이, 아욱, 도라지, 파, 갓, 조, 무, 배추, 고추, 딸기, 쑥갓, 참외, 상추, 수수, 호밀 등 식탁에서 자주 접하는 것들을 고루 심어놓았다. 농로라고 할까, 아무튼 밭 사이로 난 길가에서는 매듭풀, 질경이, 길뚝사초, 망초 개망초, 토끼풀, 쑥, 소리쟁이 들이 길가 식생을 연출하고 있다.

길동자연생태공원에서는 갖가지 자연의 모습을 관찰할 수 있으며, 자연을 느낄 수 있다. 뿐더러 생태실습에 적합한 곳이기도 하다. 초등학교의 『슬기로운 생활』, 중학교의 『과학』과 『환경』, 고등학교의 『생물』과 『생태와 환경』에 나오는 여러 실습들이 이곳에서 가능하다.

환경의 기본 단위인 '생태계'를 관찰할 수 있으며, 여러 가지 생태계를 비교함으로써 환경의 기본 단위가 된다는 사실을 확인할 수 있다. 각 생태계의 구성원과 그들의 상호관계라든가 낙엽이 분해되는 모습을 통해서 식물이 토양과 공기에 미치는 영향을 관찰할 수 있으며, 식물이 뿌리와 잎을 통해 공기를 흡입하는 과정을 관찰함으로써 주변환경이 식물에 미치는 영향을 알아볼 수 있다. 더불어 곤충이 식물체를 갉아먹는 모습, 새가 곤충을 잡아먹는 모습, 버섯이 균사를 내어 낙엽을 분해시키는 모습은 그 자체가 에너지의 전달과정을 말해 준다.

바로 이것이 생태계 구성원간의 상호작용이요, 생태계의 기능인 물질순환과 에너지 흐름이다.

습지의 수심과 지하수위에 따른 식생배열은 군집의 개념과 분포이론을 검증하는 실습자료이거니와, 이를 통해서 다양성과 안정성의 관계도 살펴볼 수 있다. 또 삼림군집에서 큰키나무의 개체군 구조를 조사하면 천이의 방향을 예측할 수 있으며, 이를 토대로 훼손된 환경을 치유하는 생태적 복원방법을 실습하는 것도 가능하다.

무엇보다도 습지생태계, 연못생태계, 삼림생태계, 계류생태계, 농경생태계와 주변의 도시생태계를 조합해서 관찰하면, '경관'을 인식하고 자연과 조화를 이룬 도시를 설계하는 실습에도 도움이 된다.

이렇듯 길동자연생태공원은 환경교육의 장소로서 손색이 없다.

보호해야 할
서울의 동·식물

• 서울시 보호종 •

포유류

노루
순수함과 선량함의
상징이랍니다

고슴도치
뾰족한 가시는
나의 최대무기죠

족제비
나는야 최고의
쥐사냥꾼

오소리
위험하면 죽은
시늉을 잘냅니다

곤충류

넓적사슴벌레

커다란 집게가
나의 자랑거리죠

말총벌

남의 애벌레 몸에
알을 낳는 얌체

땅강아지

나는야
땅파기 선수

왕잠자리

몸집이 커서
왕잠자리

노란허리잠자리

노란 허리의
멋쟁이

풀무치

풀밭의 무법자
풀무치

애호랑나비

봄에 가장 먼저
모습을 보입니다

어류

강주걱양태

위에서 보면 꼭
주걱처럼 생겼어요

황 복

몸속에 무서운
독을 가지고 있죠

됭경모치

한국에만 산답니다
다른나라엔 없죠

꺽정이

나는 변장을
잘 하지요

조류

오색딱다구리

나무파기 선수
딱다구리

제 비

흥부에게 박씨를
전해준 저랍니다

흰눈썹황금새

흰눈썹이 나의
매력포인트

양서/파충류

두꺼비

옛부터 집을 지켜
준다는 동물

무당개구리

적이 나타나면
배가 빨개져요

북방산개구리

밤에 돌아다니는
야행성 개구리

식물류

산개나리

세계적
희귀종입니다

서울오갈피

생김새가 산삼을
닮았네요

끈끈이주걱

곤충을 잡아먹는
식물

꾀꼬리

꾀꼬리 같은
목소리의 주인공

박새

대표적인
삼림성 텃새

물총새

비행실력이 일품인
뛰어난 사냥꾼

실뱀

나무사이를 날아
다녀 비사라 하죠

줄장지뱀

도마뱀과 비슷하지
만 뱀입니다

도롱뇽

도롱뇽을 보면
날씨를 알 수 있죠

삼지구엽초

가지가 셋, 잎이 아홉
그래서 삼지구엽초

복주머니난

아랫쪽 꽃잎이
복주머니와 닮았죠

금마타리

한국 특산으로
보호가 필요합니다

관 중

양치식물로
고사리와 비슷

생태계
보전지역
Ecosystem Conservation Areas

급격한 도시성장으로 생물서식환경이 파괴되고
주요생물종이 점차 사라짐에 따라 서울시에서는
자연환경의 체계적 보전·관리를 위하여
자연환경보전조례를 제정하고, 생태적 보호가치와
훼손우려 등을 고려하여 생태계보전지역을
지정·관리하고 있습니다.

해오라기

한강밤섬
(241,490㎡)

밤섬은 마포대교와 서강대교 사이의 한강 내에 위치하며, 천연기념물인 황조롱이, 원앙 및 보호종인 말똥가리와 밤섬 번식 조류인 흰뺨검둥오리, 해오라기 등이 살고 있습니다. 또한 겨울철새가 5,000여 마리 이상 찾아오는 도심 속의 철새 도래지로서 버드나무, 뚜껑덩굴 등과 두우쟁이, 꺽정이 등 다양한 동식물이 관찰되고 있습니다.

둔촌동 습지
(4,865㎡)

애기부들

지하수가 용출하여 형성된 자연습지로서, 서울과 같은 대도시에서는 매우 희소성이 큰 장소입니다. 애기부들, 골풀 등 습지식물 27여 종이 자생하고 있으며, 황조롱이, 오색딱따구리 등 30여 종의 조류와 다양한 수서생물 및 곤충 등이 어우러져 서식하고 있습니다.

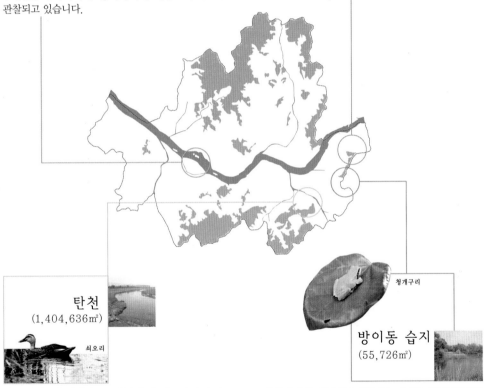

탄천
(1,404,636㎡)

쇠오리

방이동 습지
(55,726㎡)

청개구리

다른 하천보다 상대적으로 개발이 덜 되어 수생 및 육생 식물에 좋은 조건을 갖추고 있고, 도시의 보기 드문 철새 도래지로 생태적 보전가치가 높습니다. 낙지다리 등 95종의 다양한 식물이 분포하고 있으며, 참매, 쇠오리 등 50여 종의 조류가 관찰되고 있습니다.

육상과 수상 생태계가 공존하는 습지로 생물다양성이 풍부할 뿐 아니라, 대도시에서는 희소성이 큰 연못 형태로서 참억새, 수련 등 99종의 식물과 꾀꼬리 등 28종의 조류 및 청개구리 등이 관찰되고 있습니다.

현장환경교육 수업지도안

단원	V. 자연환경과 우리 생활
주제	**1. 생태계의 종류**
기본교육	· 생태계의 개념 및 종류에 대한 설명
탐구활동	· 이동경로 및 현장학습장소 주변에 보이는 생태계의 종류 관찰: 도시생태계, 농경생태계, 하천생태계, 삼림생태계(조림지, 자연림) · 생태계 사이의 차이 비교: 수계생태계-육상생태계, 도시생태계-농경생태계, 도시생태계 - 삼림생태계, 농경생태계-도시생태계, 조림지-자연림 사이
종합교육	· 생태계 사이의 차이를 가져오는 배경 논의
주제	**2. 생태계의 생물구성원 사이의 상호관계**(먹이사슬과 에너지 흐름)
기본교육	· 생태계의 기능(에너지 흐름)에 대한 설명
탐구활동	· 계류: 버드나무 또는 오리나무 잎 관찰, 곤충이 갉아먹는 모습 관찰, 새의 먹이 획득 장면 관찰→식물, 초식동물, 육식동물로 이어지는 에너지 흐름 이해(수 및 양 비교) · 육상: 물갬나무 잎 관찰, 곤충이 갉아먹는 모습 관찰, 새의 먹이 획득 정밀 관찰: 식물→초식동물→육식동물로 이어지는 에너지 흐름 이해(수 및 양 비교)
종합교육	· 생태계 생물구성원 사이의 관계 논의
주제	**3. 물질순환**
기본교육	· 생태계의 기능(물질순환)에 대한 설명
탐구활동	· 낙엽이 분해되는 모습 관찰(초록잎→단풍→A_∞(낙엽모양 온전)→A_0(낙엽 부식)→A층(가는 입자) · 봄철의 물오름 현상 관찰 · 강우와 증발산(물의 순환) 논의 · 광합성과 호흡(탄소순환) 논의 · 호흡과 분해의 공통점과 차이점 논의 · 작은 식물의 근계 관찰(환경과 생물 사이의 분리될 수 없는 관계 확인)
종합교육	· 생태계 비생물환경과 생물환경 사이의 상호관계 논의
주제	**4. 자연보존의 목적과 방법**
기본교육	· 자연보존의 목적과 의의에 대한 설명
탐구활동	· 도시생태계-농경생태계-삼림생태계 비교: 쾌적한 환경의 의미 확인 · 자연의 역할 확인: 온도와 습도 조절, 토양정화 · 실제 자연과 관리된 자연 사이의 차이 분석(도시생태계, 농경생태계, 삼림생태계, 도시공원): 계층구조 및 생물상
종합교육	· 자연의 역할 논의